KB055778

로크미디어가
유혹하는
재미있는 세상

ROK
MEDIA
로크미디어

다시 한 번
아이돌

다시 한번 아이돌 12

2021년 10월 21일 초판 1쇄 인쇄
2021년 10월 26일 초판 1쇄 발행

지은이 틴타
발행인 김정수 강준규

기획 이기헌 왕소현 박경무 강민구
책임편집 최전경
마케팅지원 배진경 임혜솔 송지유 이영선

발행처 (주)로크미디어
출판등록 2003년 3월 24일
주소 서울시 마포구 성암로 330 DMC첨단산업센터 318호
Tel (02)3273-5135 **편집** 070-7863-8592 **Fax** (02)3273-5134
홈페이지 rokmedia.com **E-mail** rokmedia@empas.com

ⓒ 틴타, 2020

값 8,000원

ISBN 979-11-354-6842-1 (12권)
ISBN 979-11-354-9341-6 04810 (세트)

다시 한 번 아이돌

ONCE AGAIN IDOL

Contents

Chapter 13.
정규 1집 (4)

〈비갠 뒤 어게인〉의 첫 방영이 끝난 뒤 파랑새를 포함한 각종 팬 커뮤니티에 이에 대한 감상들이 올라오기 시작했다.

　이번 파랑새 실시간 트렌드에 가장 처음으로 모습을 드러낸 키워드는 다름 아닌 '아기 자장가'였다.

　어떤 상황에도 어떤 장면에도 어떤 배경음을 쓰더라도 다른 멤버의 모습을 보여 주다 뜬금없이 자는 서현우를 비추며 자장가를 틀어 주었다.

　그 모습이 고리들에겐 매우 귀엽게 보였던 모양이었다.

ーㅋㅋㅋㅋㅋㅋㅋㅋㅋㅋㅋㅋㅋ자기만 해도 분량 뽑아주는 울 혀누아가
ㅈㄴ귀엽고 웃겼닼ㅋㅋㅋㅋㅋㅋㅋㅋㅋ

－아니 자장가 실트 무슨 일이냐곸ㅋㅋㅋㅋㅋㅋ

－우리애 되게 피곤했나봐...ㅜ자는 거 너무 귀여운데 쉬게 좀 해라 와엠...

그 외에도 동갑내기들이 면허를 땄다는 소식, 이진성이 어부바 실패를 아쉬워하는 모습 등등 차례대로 실트를 장악하며 〈비갠 뒤 어게인〉의 반응이 몹시 좋음을 드러냈다.

－유준이 면허땄다고 내 앞에서 자랑했으면 앞으로 구르고 뒤로 구르면서 아이고 잘했다 내새끼 그 어려운걸 니가 해 냈구나 넌 곧 지구도 구할 거야!!!! 하면서 칭찬주접 오지게 떨어 줄 수 있는데

－면허땄다고 거들먹거리는 준이도 웃긴데 당연히 운전기사 시키려하는 강리더가 더 웃긲ㅋㅋㅋㅋㅋㅋㅋㅋㅋㅋㅋㅋ

－동갑내기 면허 같이 따러 갔었구나? 그래서 2종 보통이니? 화끈하게 1종?(쓸데없는데 집착하는 편

물론 아직 대중의 반응은 뜨뜻미지근했다.

－ㅋㅋㅋㅋㅋㅋ공연하는 건 안 보여 주고 자고 놀고 이동하는 것만 보여 주네

너튜브에 올라오는 직캠과 기사들을 보며 지난 시즌보다 더 한 국뽕을 채울 수 있겠거니 했더니 1, 2화 내내 준비하는

모습조차 나오지 않았다는 지적이었다.

　-누가보면 크로노스 개인방송인 줄ㅋㅋㅋㅋㅋㅋㅋ

　-너무 크로노스 팬 눈치본 듯한 방송이었음 공연도 아니고 그냥 잠
만 자더만

　-윗님 어이없넼ㅋㅋㅋ1화에 크로노스 분량 10분도 안됐음 다른 솔
로가수 나오면 아무말도 안할 거면서 오지게 말많네

　-ㄹㄴ나 다른 출연진 1화 분량 꽉 채운거는 왜 말 안함? 아이돌 출연
진한테만 참 불만이 많으시네요

　-근데 솔직히 음악 예능에서 공연 연습 장면 하나 안나오는 건 좀 너
무했음 비갠 지난 시즌에도 이랬었나?

　-네

　고리나 대중이나 분량 문제로 불만이 많은 모양이었지만
원하는 내용은 극과 극이었다.

　〈비갠 뒤 어게인〉 팀이 아이돌을 섭외한 만큼 그들의 팬
을 초반 타깃으로 삼은 건 맞기에 대중은 빨리 공연이나 해
줬으면 하는 의견들이 많았다.

　팬들 사이에선 많은 부분들이 회자되고 영상과 움짤, 캡처
본이 돌아다니는 반면 대중은 심심했다고 하고.

　여러모로 다양한 반응.

　하지만 제작진도 출연진도 이에 대해 불안감은 없었다.

3화부턴 본격적인 연습과 공연이 시작된다.

크로노스도 제작진도 공연의 퀄리티엔 자신 있었고, 불만도 댓글에서나 터져 나오지 그 수가 그리 많은 것도 아니었다.

공연이 시작되면 어차피 사그라들 부정적인 여론이다.

며칠 후 3화 선공개 영상으로 공연 영상 클립이 올라가기도 할 거고. 그러니 크로노스 멤버들은 그저 올라오는 고리들의 반응과 보정 잘 된 캡처본들을 보며 즐거워하고 큐앱으로 고리들과 방영분에 대해 소통했다.

한편 그 시각, 강주한과 서현우는 YMM의 직원들과 심각한 회의를 이어 나가고 있었다.

띠링!

누군가 큐앱 라이브를 시작했다는 알림음이 들렸다.

아마 고유준과 진성이, 그리고 윤찬이가 고리들과 〈비갠 뒤 어게인〉 방영분에 대해 뒤늦은 감상들을 나누고 있을 것이다.

대중의 반응이 어떠하든 고리나 우리나 매우 설레고 즐거워하는 이 판국에 나와 주한 형은 표정 없이 회사 각 부서의 직원들과 마주하고 있었다.

"애들아, 이게 감정적으로 대응한다고 될 일은 아니잖아."

짜증 가득한 김 실장님의 말에 주한 형이 말했다.

"저흰 불안한 환경에서 활동 못 합니다, 실장님."

"애초에 로드 매니저님이 새로 뽑힌 것도 아니고 수환 형 혼자서 일정 소화 어떻게 해요? 뮤직비디오 촬영 때도 스타일리스트 누나들이랑 해리 누나에 김 실장님까지 와서 겨우 케어해 주셨잖아요."

"컴백 맞춰서 뽑는다고. 애초에 그 부분은 너희가 상관할 부분이 아닌 것 같은데, 얘들아."

"우리 일이고요. 딱히 남 일에 간섭하는 것도 아닌 듯합니다."

"하아, 이것들이 진짜."

곁에 있던 이사님의 짜증 섞인 한숨에 난 다시 한번 우리의 용건을 되새겨 주었다.

"저희 보호해 주셔야죠. 강경 대응, 해 주셔야죠."

해고와 회사 차원에서의 고소.

저들은 갑작스러운 우리들의 요구에 화가 난 모양이지만 그렇다고 우리에게 윽박을 지르거나 소리치지는 못했다.

우리가 크로노스이기 때문에 가능한 상황이었다.

한참 YMM이 내세우고 있는 성장 가도의 인기 그룹이기에, 최근 〈비갠 뒤 어게인〉의 광고효과와 화제성으로 가장 많은 관심을 받고 있는 아이돌이니까.

이게 중소 기획사와 대형 기획사의 차이다.

대형 기획사와는 달리 중소 기획사는 한번 뜬 아이돌의 파워가 굉장히 강하다.

영업조차 힘든 회사에서 아이돌 띄우기란 천운과 멤버 각자의 포텐셜이 있어야 가능하고, 그렇기에 데뷔해 가도에 올라가는 순간 빠르게 대우가 달라진다.

대표님이 대출까지 받아 숙소를 옮겨 준 것도 이번 일에 대한 멤버들의 불신과 고리들의 압박을 잠재우기 위함이었고.

"좀 기다려 주면 안 되겠어?"

우린 말없이 고개를 저었다. 그러자 이사님이 뭔가 말하려다 꾹 참고 또 한숨을 내쉬었다.

거기다 더해 중소 기획사의 특징 두 번째, 멤버 개개인에 대한 대우가 중요도에 따라 차별적으로 달라진다.

이건 내가 연습생이었던 시절, 갈수록 달라져 가는 알뤼르에 대한 대우를 보며 느꼈고, 트레이너를 하며 업계에 발을 담근 후 틀림없는 사실로 여긴 일이다.

지금 직원들 앞에 앉아 있는 나와 주한 형은 크로노스 내에서도 대우를 굉장히 잘 받고 있는 멤버였다.

크로노스 내에 객관적으로 가장 인기가 많은 서브 리더인 나와, 크로노스의 전반적인 곡 작업을 맡고 있는 리더 주한 형.

입김이 강한 우리가 그들에게 말한 것은 일종의 강수였다.

"강경 대응 안 해 주시면 말씀드린 대로 개인적으로 고소하겠습니다."

김 실장님의 안색이 창백해졌다.

개인적 고소와 회사 차원에서의 고소는 꽤나 대중이 받아들이는 느낌이 다르다.

회사 차원에서의 고소는 회사가 스태프 관리는 소홀했어도 아티스트 보호를 위해 할 일은 하는구나 하겠지만, 아티스트가 개인적으로 고소를 진행하는 것은 회사가 아티스트보단 개인 정보를 유출한 회사 직원의 보호를 우선하겠다는 것으로 느껴질 수 있다.

이렇게 되면 회사와 아티스트 간의 문제가 생기므로 코앞으로 다가온 컴백은 자동으로 연기될 것이다.

하이텐션 지혁 형의 말을 들어 보니 컴백 연기로 인한 손실은 상상 이상으로 크다고 한다.

회사 안위를 살피느라 어영부영 화제가 식어 가길 기다리던 주먹구식 회사 YMM에선 이렇게라도 해야 움직이려 하겠지.

"우리가 대응 안 하겠다는 말이 아니라 어떻게 대응을 해야 타격이 덜할지 상의하고 있는 중이니까, 최대한 탈 없이 대응하는 게 너희 컴백에도 해프닝이 없을 거고."

"저희는 지금 당장 대응해 달라는 말이죠. 멤버 몇몇은 가족들 전화번호까지 털린 것 같던데."

지금 피해 본 게 몇 개인데 기다리고 말고야.

물론 우리도 컴백을 미룰 생각은 없다.

얼마나 열심히 준비했는데, 고리들도 얼마나 기대하고 있는데 미룬다는 말인가.

　다만 티를 내진 않았다. 이렇게 어설픈 연기라도 해야 뭔가 조치를 취해 줄 거잖아.

　물론 YMM에서 거절한다고 하면 진짜 개인적으로 고소할 거긴 하지만.

　간단하다. 어느 쪽의 손해가 더 클 것인가 생각해 보면 결정하는 것이야 쉬웠다.

　문제는 어떤 결정이든 김 실장님, 수환 형, 이사님까지 윗선에 미치도록 까이고 아티스트 관리 소홀, 스태프 관리 소홀로 징계를 감수해야 한다는 거지.

　"……알았다. 어차피 너희가 말 안 해도 혁수 씨 얼른 해고시키고 공지 띄우려고 했어."

　거짓말. 고리들이 혁수 씨 해고에 개인 정보 유출 스태프 의심조차 하지 않을 시기까지 기다리다 은근슬쩍 자르려 했으면서.

　"일단 어찌 됐든 일이 커질 거라 우리도 대응할 방법은 찾아야 하니까 하루만 기다려. 고소니 뭐니 입 밖으로 꺼내지도 말아, 이놈들아. 우리가 대신 해 줄게."

　개인 고소 앞에 장사 없다.

　결국 이사님이 백기를 들었다.

　"잘 부탁드립니다."

　우린 어느 정도 어이없는 생색을 넘어가며 일어났다.

"그럼 믿고 저흰 연습하러 갈게요."

그로부터 이 사건이 해결되기까진 만 하루가 채 걸리지 않았다.

1. YMM엔터는 오늘 저녁 혁수 매니저를 해고했다.

2. 로드 매니저가 자신의 여자 친구와 함께 크로노스의 정보를 국내외 할 것 없이 팔고 있었다.

3. 정보를 팔 때 사용했던 사이트 내에서의 아이디(총 21개) 전부 공개.

4. 이번 사생 숙소 침입 사건도 범인이 이들의 정보를 사서 일어난 일이었다.

5. 고소 예고에 대한 공지 및 사과문은 회사 홈페이지와 크로노스 팬카페에 게시되었다.

빠르게 기사가 올라갔고 이슈가 되었고 많은 고리들이 분노했고 YMM이 또 와엠했다며 욕을 먹었다.

그러나 이것이 최선의 선택이었음을 회사의 모두가 알고 있었다.

몇 주 동안 과연 해결이나 될지 애매모호하게 끌고 가던 사건이 개인 고소 한마디에 단 반나절로 해결되다니.

조금 쓸쓸하기도 한 사건이었다.

뮤직비디오가 공개되기까지 불과 일주일 남았다.

그 사실은 우리의 컴백일도 그만큼 성큼 다가왔음을 의미했다.

한동안 시끌벅적했던 YMM엔터는 시기가 시기이니만큼 일단 많은 것들을 묻어 두고 컴백에 집중하기로 마음먹은 모양이다.

논란에 대해 공지와 기사를 낸 이후 그에 대해 어떠한 말도 꺼내지 않고 크로노스 케어에만 신경 썼다.

일단 혁수 매니저가 빠지며 비어 버린 로드 매니저 자리는 수환 형이 후배라고 직접 데리고 온 사람으로 대체되었다.

김태성.

큰 키와 근육 있는 몸에 좀 무뚝뚝한 인상의 사람이었다.

경호 일을 했었고 매니저 일은 처음이라고 하던데 수환 형과 기본적으로 결이 맞는 사람인지, 수환 형보다 더 조용하고 무뚝뚝하지만 성실하게 일했다.

"태성이는 대학 생활 내내 보던 후배라 어떤 녀석인지 잘 알고 있습니다. 믿을 만한 사람이니 걱정 마십시오."

처음 태성 씨가 매니저로 들어왔을 때 수환 형이 말했던 대로 짧은 기간에도 금방 적응하여 제대로 일했다.

무엇보다 일하는 내내 업무용 휴대폰을 제외하곤 손도 대지 않는 것에 신뢰가 올라갔다.

물론 아무도 휴대폰을 만지지 말라는 소리는 하지 않았지만-.

"휴대폰을 만지면 멤버들이 불안해할까 봐 알아서 꺼 두는 거라고 하더라고요."

그간 정보 유출 건으로 여전히 고생과 걱정을 안고 사는 우리를 위한 배려였다고 수환 형으로부터 들었다.

그리고 우리는 컴백 전까지 하드하게 〈환상령〉 연습을 거듭하고 있었다.

"아아악! 너무 괴로워! 아악!"

고유준이 절규하며 몸을 움직였다.

입과 몸이 따로 노는 그 모습은, 마치 하기 싫은데 비트만 나오면 저도 모르게 춤추는 자본주의적 아이돌의 모습이었다.

고유준은 지금이라도 멈추고 싶다며 슬쩍 이진성의 눈치를 봤지만 이진성은 고유준의 절규보다 더 큰 소리로 외쳤다.

"안 돼애!!!!! 계속해!!! 찌끔부터느흔 정씬려억 싸후움이야!!!"

저 미친놈이. 힘들어 죽겠구만 정신력 싸움 좋아하네.

난 이를 악물고 우리의 댄리(댄스 리더)의 말을 따라 안무를 계속했다.

"아아…… 성아, 형 쓰러질 것 같아. 성아. 이진성!"

뒤에서 주한 형이 절절하게 진성이를 불러 댔다.

하지만 우리의 댄리는 고유준에게 외쳤던 목소리 그대로 주한 형에게 말했다.

"안 쓰러줘!!!!! 계쏙해!!!! 멈추지 마!!!!"

여기 뭐 하는 곳이지?

여기 아이돌 연습실 맞나? 훈련장이 아니고?

윤찬이도 나와 마찬가지로 이를 악물고 추다 결국 다리에 힘이 풀렸는지 스르르 주저앉아 진성이의 눈치를 보았다.

다행히 진성이는 진짜 뒈질 것 같은 사람과 아직 할 만한 사람을 구분할 줄 알았다.

윤찬이는 진짜 죽기 직전으로 보였는지 아무 말 없이 안무만 이어 나갔다.

매번 역대급, 역대급 하던 타이틀곡 안무는 이번에야말로 진짜 역대급을 찍었다. 역대급으로 힘들었다.

아크로바틱한 건 줄었지만 그 안무의 난이도와 하드함이.

1절 중반부터 숨이 차서 정신으로 버티지 않으면 라이브가 힘들 정도였다.

그래도 연습을 계속하며 이젠 라이브로 완곡이 가능해졌지만 처음 연습 시작할 때 다들 전주 안무 한번 추고 나면 헐떡거리며 노래를 부르지 못했었다.

"유준이 형! 팔에 힘 풀려!!!! 윤찬이 형도 이제 일어나!!!"

"끄읍……."

윤찬이는 조금 울 것 같은 얼굴로 주섬주섬 힘겹게 일어나 다시 춤추기 시작했다.

"이진쒕!!!! 나 죽을 것 같다고!!!"

"아! 유준이 형 아직 괜찮아! 현우 형을 보라고! 제일 연약한데 잘 버티잖아!!!! 다들 현우 형 쓰러지기 전까진 못 쓰러져!"

"……허억, 저-."

저게 죽으려고.

힘들어서 말도 안 나와, 제길.

고유준은 이 와중에도 날 까 내리는 진성이의 말에 피식거리며 또 괴로워했다.

다음 파트는 고유준의 외침을 무시한 진성이의 랩 파트.

이 밤에 나는 눈을 떠

비틀거리며 벽을 더듬어

너를 찾아 사랑을 속삭인다

사랑해, 일어나

진성이가 랩을 하는 동안 나와 고유준이 양옆에 백으로 서서 안무를 췄다.

그사이 주한 형과 윤찬이는 뒤로 가 다음 안무를 준비하며 숨을 골랐다.

심장이 뛰지

두려움일까 사랑일까
감은 귀에 속삭이자
환상 속의 너는
사랑이라고 말해

진성이 뒤에서 미친 듯이 몸을 꺾던 나와 고유준. 중간에 고유준이 뒤로 물러나고 난 한 발짝 앞으로 나서 진성이를 마주 보고 섰다.

이 부분, 댄서들이 지금 없어서 그렇지 원래는 댄서들이 우르르 몰려와 날 진성이 앞에 대령하는 안무다.

진성이는 랩을 하며 날 매섭게 노려보았다.

그러곤 내 이마에 두 손가락을 총구처럼 가져다 댔다.

난 천천히 몸을 낮춰 무릎을 꿇었고 이마에 닿을 듯 말 듯 한 진성이의 손가락도 내 높이에 맞춰 천천히 내려왔다.

난 환상 속의 너만 필요해
진짜 너를 죽여 버리지

그리고 탕, 진성이의 총을 쏘는 듯한 제스처에 맞춰 난 몸을 튕기며 뒤로 넘어갔다.

그 사이로 윤찬이가 나오며 자신의 파트를 이어 갔다.

비트는 갑자기 바뀌어 둔탁하고 서늘한, 또는 서글픈 피아노 소리만 들려왔다.

그에 맞춰 윤찬이가 자신의 파트를 이어 나가는 동안 나와 다른 멤버들은 자세를 낮춘 채 뒤로 빠져 다음 안무를 준비했다.

달은 겨울처럼 빛나고
어둠 속에서도 네 모습은 보이니
다른 세계의 너라도
문제없이 사랑할 수 있으리

바로 앞 진성이의 랩 파트까지만 빠르고 거칠게 몰아치던 곡이 윤찬이의 미성으로 인해 극적으로 진정되었다.

윤찬이의 목소리를 최대한 살린 파트, 윤찬이만 살릴 수 있는 소절, 난 뒤에서 죽도록 뛰는 심장을 부여잡고 있다가 일어났다.

다음은 내 파트.

난 이 온화한 파트를 다시 띄워 줘야 하는 중책을 맡고 있다.

난 나의 너를 지키리
아침이 올 때까지
이 자리에서
영원히 사랑을 속삭이겠소

그리고 하이라이트로 향하는 댄스브레이크가 시작되었다.

"잠깐 휴식."

"……후, 감사합니다."

휴식이라는 이진성 선생님의 말에 급기야 주한 형이 감사를 표하기 시작했다.

대답하는 멤버들은 힘이 없이 일제히 바닥에 드러누웠다.

"아…… 죽……."

겠다.

물 마시러 갈 힘도 말할 기운도 없다. 나는 그저 천장만 보며 숨을 헐떡였다.

"……하."

몸과 머리는 땀에 푹 절었고 찝찝함도 모른 척한 채 그냥 이대로 눈 감고 잠시 자고 일어나면 좋겠다 생각했다.

그 체력이 넘쳐 나던 진성이도 이젠 슬슬 제대로 휴식을 취하고 싶은 모양이었다.

"형, 후우, 많이 힘들어?"

진성이는 내 옆에 드러누워 물었다.

내가 말없이 고개를 끄덕이자 고개를 돌려 멤버 모두, 그리고 다시 천장을 바라보더니 한참 뒤 말했다.

"점심 먹고 재개하자."

제길, 아직 해가 저물지 않았다니.

오후 4시, 아주 늦은 점심이었다.

나는 울컥하는 마음에 진성이의 몸 위로 다리 한 짝을 올렸다.

"연습 중 죄송합니다."

연습실 문이 열리고 이온 음료를 사 온 태성 씨가 들어섰다.

"와, 진짜 살았다."

고유준이 숨과 함께 말했다.

다들 힘이 없어 눈앞에 정수기를 두고도 움직이지 못하는 상황이니 태성 씨가 사 온 이온 음료가 구원으로 보였을 것이다.

태성 씨는 멤버 모두에게 일일이 음료를 쥐여 주고는 날 바라보았다.

"……네, 매니저님."

할 말이 있는 듯해서 먼저 대답하자 태성 씨가 다가와 나에게 손을 내밀었다.

"일어나실 수 있습니까?"

"예? 우악!"

"와, 대박."

진성이가 감탄사를 내뱉었다. 내가 나도 모르게 손을 잡자 눈 깜짝할 새 당겨져 일으켜 세워져 있었기 때문이다.

경호원 출신이라더니 역시 힘이⋯⋯.

"걸으실 수 있습니까?"

"무, 무슨 일이세요? 아, 걸을 수 있습니다."

못 걷겠다고 하면 업어라도 줄 기세라서 나는 황급히 대답하고 이유를 물었다.

그러자 태성 씨가 표정 하나 없이 말했다.

"레나 님께서 오셨습니다. 자세한 사유는 모르지만 수환 선배님께서 모셔 오라고 하셨습니다."

"아."

레나 선배님, 그러고 보니 오늘 오후 느지막이 오신다는 이야기를 들었다.

"웃썅."

태성 씨의 말이 끝나자 멤버들은 약속이라도 한 듯 힘겹게 일어나 비틀비틀 나를 지나쳤다.

"다녀와라. 우린 밥 먹고 온다."

"현우야, 가는 김에 숨어서 좀 쉬다 와. 체력 보충, 체력 보충."

"와, 주한 형, 그건 아니지! 나한테는 꼼수 부리지 말고 연습하라더니!"

"현우 형, 다녀오세요. 식사 맛있게 하세요."

다들 일하러 가는 나에게 작별을 고하며 식사를 하러 간다.

태성 씨가 날 힐끔거렸다.

"역시 걷기 힘드십니까? 그럼 데려다-."

"아니요. 혼자 갈 수 있어요."

난 황급히 수건으로 땀을 닦으며 말했다.

"옷 갈아입고 알아서 갈 테니까 매니저님도 식사 맛있게 하세요."

내가 말하자 태성 씨는 날 빤히 쳐다보다 고개를 끄덕이곤 멤버들에게로 향했다.

"후우."

난 연습실 문이 닫힌 뒤 대충 머리를 털고 옷을 갈아입었다.

그간 사생 일로 정신없어 계속 미뤄졌던 레나 선배님과의 미팅이 드디어 성사되었다.

컴백일이 다가옴과 더불어 레나 선배님의 협업도 슬슬 준비할 때가 된 것이다.

"잘 지냈어? 밥도 못 먹었다며? 아이고, 어떡해."

레나 선배님은 인상을 찌푸리며 김 실장님을 노려봤다.

"애들 밥은 먹이고 연습시키는 거 맞아요, 실장님?"

"밥 먹이고 시키고 있거든? 애들이 먼저 연습하겠다고 안 먹는 거야! 내 탓 아니거든요."

"실장님, 요즘 그런 시대 아니에요. 애들이 안 먹는다고 해도 달래서 어떻게든 먹이는 시대지."

아무래도 레나 선배님과 김 실장님은 꽤 편한 사이인 모양이다.

김 실장님은 '그런 건 매니저들 영역인데.'라고 작게 투덜거리며 말을 넘겨 버렸다.

난 머쓱하게 여전히 젖은 머리를 만지작거렸고 수환 형은 미안한 얼굴로 날 바라봤다.

밥 먹으러 가자는 걸 우리가 거부하고 연습했던 건 맞아서 수환 형이 미안할 일은 아니었는데.

"미팅 끝나고 밥 먹으러 가자. 내가 살게. 현우가 이 시간까지 밥 안 먹은 줄 몰랐네."

레나 선배님은 간단히 안부만 묻고 곧바로 본론으로 들어갔다.

"일단 미팅은 못 했는데 꾸준히 진행은 하고 있었거든. 마케팅 루트라든가 음악 만드는 건 어차피 내가 맡은 부분이니까."

"아, 네."

"섭섭했다면 미안. 최대한 너 부담 안 가게 하고 싶었거든."

"아니에요. 오히려 너무 감사합니다."

섭섭하지 않았다.

안 그래도 **빡빡한** 컴백 일정에 사건까지 터졌고, 거기다 난 윤찬이 곡 작업까지 했었다.

이런 일정에 이 프로젝트도 함께였다면 정말 정신력으로도 버티지 못했을지도 모른다.

이 프로젝트에서 가장 빛을 받는 주인공은 나지만 엄밀히 따지면 제일 잉여스러운 인물도 나였다.

오직 레나 선배님의 뮤즈로서 있는 것이 내 역할이므로 솔직히 모든 진행이 끝난 후 결과만 받는 이 상황이 편히 느껴지기도 했다.

"바로 녹음만 하면 돼. 언제가 좋을까? 크로노스의 컴백 일정이 정확히 어떻게 된다고 하셨죠?"

김 실장님은 제 휴대폰을 확인하더니 놀란 얼굴을 했다.

"헤엑, 시간 참 빨리 간다. 2주도 안남았어."

"음."

레나 선배님은 인상을 찌푸린 채 손에 쥔 볼펜을 반복해서 돌렸다.

그간의 사건으로 바뀐 일정을 다시 한번 떠올려 보고 있는 듯했다. 레나 선배님은 한참 눈동자를 굴리며 고민하다 말했다.

"어차피 급한 것도 없으니까 그럼, 편하게 녹음은 컴백하고 진행하는 것으로 어떠세요?"

"어우, 레나야. 좋다. 그래 주면 고맙지."

"대신 그때는 수환 씨가 넉넉하게 일정 비워 주셨으면 해요."

"네, 조만간 연락드리겠습니다."

우리나라 최고의 가수가 날 위해 몇 번이고 일정을 바꿔 주었다.

컴백 준비하는 우리만큼 일정이 바쁜 사람일 텐데.

우리 입장에선 연달은 일정 연기로 이 프로젝트 자체를 취소시켜도 할 말이 없는 지경인데.

레나 선배님이 이렇게까지 나에게 맞춰 주는 이유는 단 하나였다.

"내 아티스트 멘탈, 건강 관리만 확실히 해 줘요. 아프면 나 곡도 안 나와. 알죠, 실장님?"

이젠 자신의 아티스트가 된 내 컨디션을 위해.

함께 미국에서 지내는 동안 내가 불안정한 모습을 자주 보였던지라, 쓰러지기도 했었고.

"곡도 이미 완성됐는데 한번 들어 보시죠. 물론 피드백받으려는 건 아니고 그냥 들으시라고."

모든 프로듀싱과 작업은 전부 레나 자신이 맡겠다. 선배님의 말 하나하나에서 스스로에 대한 자신감을 느꼈다.

레나 선배님이 곡을 재생했다.

"제목은 아직 미정. 근데 평소 제가 짓던 대로 지을 거예요. 내가 프로듀싱하는 애인 거 확 티 나게."

냈다 하면 음원 사이트 올킬, 최정상급 아이돌이 튀어나와 판매량 싸움을 해도 쉽게 밀리지 않는 레나의 곡이 완전히 같은 퀄리티로 나에게 돌아왔다.

완전히 레나 선배님풍의 곡이었으나 분명 레나 선배님이 직접 부르는 곡과는 차별점이 있었다.

"우리 현우 목소리와 외견 분위기에 맞춰서 만들어 봤어. 미국에서 하루종일 애 보고 있으니까 절로 곡이 써지더라."

좀 더 담백하고 씁쓸했다. 좀 더 절절하고 슬펐다.

레나 선배님이 생각하는 내 분위기는 이런 느낌이었나 보다.

"물론 현우가 이렇게 슬픈 애라는 건 아니고 좀 무대 표현이나 요런 데서 보이는 부분들을 극적으로 살린 거지. 내가 좋아하는 느낌만."

"선배님, 정말 너무 좋아요. 빨리 불러 보고 싶습니다."

"그렇지? 가사 나오면 바로 부를 수 있도록 보내 줄게. 연습 열심히 해 줘야 해."

물론 나중에 나인 것이 밝혀지면 얼굴을 내놓고 노래 부를 일이 많아지겠지만 정체가 밝혀지기 전까진 표정으로 감정을 전할 수 없다.

그러니 목소리에 훨씬 더 많은 감정을 담는 연습을 해야 할 것이다.

그 이후 레나 선배님과 우리 팀 직원들의 회의가 오갔다.

대부분 일정 공유와 투자 등에 대한 이야기였다.

그때부터 신인 나부랭이인 나는 뒷전이 되다못해 투명인간이 되었으므로 그냥 열심히 듣고 듣고 들으며 이해하려 노력만 했다.

"그럼 여기까지 할까요? 현우 많이 배고프겠다."

연장이 된 만큼 긴 회의였다. 난 5시 반이 되어서야 점심, 아니 이젠 저녁이 된 식사를 할 수 있었다.

"형, 왔어요?"

"좀 늦는 것 같아서 오늘 연습 끝낼까 했는데 현우 왔으니 한번 더 할까? 진성아?"

"주한 형이 웬일이야? 콜."

"아아아악! 진성 님 연습 더 할 거면 이 불쌍한 형 다리 좀 주물러 줘라."

식사를 끝내고 연습실로 돌아오니 멤버들이 제각각의 모습으로 날 맞아 주었다.

주한 형은 노트북으로 무언가를 하고 있었고 진성이는 한숨 쉬며 드러누운 고유준의 다리를 주물렀다.

난 구석에 쪼그려 앉아 쉬고 있는 윤찬이의 옆에 앉았다.

"회의가 길어졌나 봐요. 식사는요?"

"방금 먹고 왔어."

"곡은 나왔어요?"

"응, 너무 좋아서……."

레나 선배님은 정말 많은 것을 준비해 왔다. 엔터테이너 인생에서 가장 큰 프로젝트의 주인공으로 날 선택한 것이다.

그만큼 부담감과 책임감이 컸다.

"윤찬아, 나 정말 열심히 해 보려고."

"······저도."

윤찬이가 손에 들린 휴대폰을 꼭 쥐었다.

"저도 열심히 할게요."

너무 꼭 쥐는 바람에 누른 전원 버튼, 그로 인해 보인 화면엔 내가 작곡한 윤찬이의 곡이 재생되고 있었다.

듣고 있었구나.

발라드였던 곡에 트로피컬한 느낌을 더하고 가사도 희망적으로 바꿨다.

윤찬이를 위해 도 PD님과 하루 종일 대면하며 거의 새로 갈아엎었다.

동료의 고생이 담긴 곡을 받은 윤찬이도 나와 같이 무거운 책임감을 느끼고 있을지도 모른다.

난 괜히 기특한 마음에 윤찬이의 등을 툭 치고 다 들을 때까지 말없이 곁에 있었다.

흥얼흥얼, 윤찬이의 조용한 연습은 연습을 재개하자는 진성이의 목소리가 들릴 때까지 계속되었다.

컴백을 위한 사전 준비는 그럭저럭 잘 진행되고 있었다.

김 실장님은 영업 하나는 끝장나게 잘하시는 분답게 지상

파, 케이블 모든 방송사 컴백 무대에 두 곡씩 부르는 것으로 확정받아 왔다.

꼭 하나둘씩 틀리던 안무도 완벽해졌고 제대로 숨 쉬며 라이브도 할 수 있게 되었다.

뮤직비디오가 공개까지 일주일 남은 날.

멤버들은 연습실 가운데에 모여 카메라를 마주했다.

"안녕하세요. 크로노스입니다."

"여러분, 정말 오래 기다리셨죠? 드디어 저희가 〈환상령〉으로 컴백하게 되었는데요."

"와아!!!!"

"오늘은 뮤직비디오 공개 일주일 전이죠. 공개되기 전에 크로노스 특권으로 저희가 먼저 감상하는 시간을 가지도록 하겠습니다."

주한 형의 말에 멤버들이 환호했다.

뮤직비디오는 편집에 편집, 보정에 보정을 더하며 완성이 계속해서 늦춰졌고 결국 공개 일주일 전 겨우 회사로 넘어왔다.

오늘은 그렇게 고생한 뮤직비디오에 대한 감상을 촬영하기로 한 날이었다.

"이번 〈환상령〉을 마지막으로 우리 첫 세계관 스토리는 막을 내린다고 합니다."

"아아, 너무 아쉽네요."

"다들 어때요, 유준 씨?"

주한 형이 고유준에게 질문을 넘겼다. 고유준은 씨익 웃으며 머쓱하게 말했다.

"솔직히 난 봐도 잘 모르겠더라."

"맞아. 나도. 이거 해석해서 올리시는 고리분들 보면 너무 신기해."

진성이가 맞장구를 쳤고 뒤늦게 나와 다른 멤버들도 맞다며 고개를 끄덕여 댔다.

난 고리들에게 설명하듯 카메라를 보며 말했다.

"저희도 촬영할 때 이게 어떤 장면이다, 이런 대략적인 부분과 대략적인 스토리는 알고 촬영하거든요."

"맞아. 그래도 근데 몰라."

"작가님께서 자세히는 말씀을 안 해 주셔서, 멤버들도 고리분들 해석 보고 그래요. 아, 이게 그런 뜻이었구나! 하고."

언젠가는 찍고 나서 이게 반전이 될 부분이라는 걸 뮤직비디오가 나온 후에 알게 되기도 하고, 때로는 무슨 장면인지도 모르는 경우가 있었다.

물론 이번 〈환상령〉은 마지막이니만큼 그 결말이 어떠한지 멤버 모두 알고 있지만.

또 뮤직비디오는 그걸 굉장히 어렵게 풀어놨을 것이고 고리들만 발견하는 숨겨진 부분도 많을 테지.

"그럼 이제 한번 볼까요?"

"와, 너무 기대돼."

"쉿쉿, 형, 쉿."

진성이가 호들갑스레 검지를 입에 가져다 대며 고유준을 조용히 시켰고, 고유준은 고약한 표정으로 진성이의 귀 가까이에서 '알았다!'라고 대답했다.

"진짜 조용. 볼게요."

주한 형이 뮤직비디오를 재생시켰다.

여전히 소란스럽던 고유준과 진성이가 입을 다물고 멤버모두 집중해 뚫어지라 화면을 바라보았다.

뮤직비디오는 음악 없이 시작되었다.

드르륵.

교실 문을 여는 정장차림의 어른 고유준으로 부터였다.

고유준은 교실의 앞문에 서서 무표정으로 텅 빈 교실을 둘러보았다.

햇살이 내리쬐는, 그러나 사람 하나 없이 조용한 학교.

밝은 풍경임에도 불구하고 조용함에서 느껴지는 음산함이 있었다.

"하아."

굉장히 씁쓸한 표정을 지은 고유준이 한숨을 쉬며 교실 안으로 들어섰다. 그러곤 교탁에 선 채 한참을 멍하니 있다 뒤돌아 분필을 집어 들었다.

He betrayed us

그가 우리를 배신했다.

멋들어진 글씨로 그렇게 적어 나갔다.

"저거 멋있게 쓴다고 고생했어."
"형이 쓴 거야? 형 악필이잖아."
"응, 근데 되게 잘 쓰지 않았어? 되게 성공한 사업가 같
다, 나."
고유준은 글씨를 쓰는 자신의 모습을 보며 물었다. 영상
속 본인의 모습이 굉장히 마음에 드는지 악필 아니냐는 진성
이의 딜에도 그냥 웃기만 했다.

군은 표정으로 문구를 적은 영상 속 고유준은 칠판에서 몇
걸음 떨어진 채 복잡한 표정으로 그것을 바라보았다.
화면은 전환되어 고유준 없이 칠판의 문구만을 보여 주다
서서히 어두워졌다.
검은 화면에 하얀 글씨로 '환상령幻想靈'이란 글자가 떴다
가 서서히 지워졌다.

그러곤 파스텔 색 안무 세트장에서 서현우의 클로즈업, 배경이 조금씩 어두워지며 앵글이 뒤로 물러나고 멤버 모두가 화면에 담기며 곡이 시작되었다.

전주와 함께 크로노스가 춤추기 시작했다. 안무 영상이 나오는 동안 잠깐잠깐 급박히 달리는 누군가의 다리가 겹쳐 나왔다.

몽마가 창궐해
난 이곳에 가라앉아
네가 나를 만날수록
존재가 커져 가네

안무 영상과 달리는 누군가의 다리를 번갈아 가며 비추던 화면은 완전히 전환되어 달리는 사람만을 보여 주었다.

다리부터 서서히 화면이 올라가자 잔뜩 겁을 먹고 달리는 윤찬이의 얼굴이 보였다.

"윤찬이 진짜 겁먹은 얼굴인데?"

"아, 사실 저 표정, 이전에도 한참이나 뛰어서 힘든 표정이에요……."

윤찬이의 말에 고유준이 이제 저거 보면 힘든 표정으로밖에 안 보일 거라며 킬킬거렸다.

"이번에 분위기 완전 다크하네. 아직 시작도 안 했는데 벌써 무섭지 않아?"

"그니까 내 말이! 뭐, 무서운 거 찍은 사람 없지?"

진성이가 내 뒤에 반쯤 숨은 채 물었다. 멤버들은 그냥 웃을 뿐 진성이에게 아무 대답도 해 주지 않았다.

"왜 다들 말이 없어? 무서운 거 찍었어?"

안 찍었다. 근데 대답해 주진 않았다.

한편 뮤직비디오에선 어느새 윤찬이에게서 화면이 바뀌어 세계관의 중심이라고 할 수 있는 꽃밭을 비추고 있었다.

"오오! 저게 누굴까요!"

"고리분들은 대번 아시겠죠!"

자신의 세계에서 누군가를 마주 본 채 미소 짓고 있는 이진성, 마찬가지로 진성이를 바라보고 있는 누군가.

검은 셔츠의 누군가는 흰 면사포로 얼굴 전체를 가리고 있어 얼굴이 잘 보이지 않았다.

"……."

저거 나다.

난 대놓고 '누굴까요? 누굴까요? 두상이 예쁘네요!'라며 놀리는 멤버들을 애써 무시한 채 뮤직비디오에 집중하는 척했다.

나와 진성이는 악수하고 있었다.

화면은 점점 우리와 가까워져 맞잡고 있는 손을 보여 주었다.
나와 진성이의 손바닥 사이엔 매 뮤비마다 나오던 회중시
계가 쥐여 있었다.

밤을 넘어선 어둠 속
네가 날 발견하길 기다려
깨어나면
환상 속에서 춤을 추자

피아노를 쓸고 있는 주한 형이 비쳤다. 주한 형은 피아노
주변을 천천히 한 바퀴 돌고 건반 하나를 눌러 보았다.
그러곤 피아노에서 떨어져 자신의 공간을 크게 맴돌았다.
파스텔 분홍빛이던 배경은 어쩐지 조금 탁해져 있었다.
주한 형의 표정은 여러모로 복잡했다. 무언가를 망설이는
것도 같았다.

"와, 진짜 모르겠다. 이해해 보려고 하는데 벌써 모르겠어."
내가 말하자 윤찬이가 동의하듯 고개를 끄덕였다.
"본인이 찍은 장면이 아니면 무슨 장면인지 잘 모르니까요."
"맞아."

내 세상의 네가 서서히

일어난다

영상에선 여전히 1절 후렴구 내내 도망치는 윤찬이, 동아리실 의자에 앉아 체념한 표정을 짓는 고유준, 꽃밭의 이진성과 누군가—나다—와 망설이는 주한 형을 번갈아 가며 보여 주었다.

그러다 후렴구가 끝남과 동시에 음악이 멈췄다.

계속해서 정신없이 바뀌던 화면이 멈춘 곳은 꽃밭.

조용해진 영상 속 면사포의 누군가와 손을 맞잡고 있던 진성이는 씨익 웃더니 시계와 남자의 손을 놓고 뒤로 물러나 사라졌다.

"와, 분위기 뭐야. 진짜 장난 아니다……."

고유준의 입에서 반사적으로 감탄사가 튀어나왔다.

굉장히 깊고 신비롭고 기이한 분위기.

그래도 중간중간 멘트를 치던 멤버들인데 아무도 입을 열지 못한 채 영상에 집중하고 있었다.

끼익-.

한 번의 쇳소리와 함께 전주를 반복하는 오르골 소리가 들려왔다.

카메라는 내 손목에 줄만 애매하게 걸린 채 떨어져 흔들리는 시계를 비췄다.

끼익-.

또 한 번의 쇳소리. 잠시 검어졌다 다시 보이는 화면엔 언제나 진성이가 서 있던 꽃밭의 한가운데에 진성이의 모습을 재연하듯 정면으로 서 있었다.

다시 들리는 오르골 소리.

누군가는 드디어 얼굴을 가리고 있던 면사포를 잡아 내렸다.

화면을 바라보는 무표정의 남자. 무슨 큰 비밀이 밝혀지듯 웅장한 효과음과 함께 밝혀진 사람은 당연히 나였다.

"오오오오!!!!"

"워어! 서현우!"

"네, 저 남자는 저였습니다, 하하."

난 어색하게 말하며 내 어깨를 잡고 무식하게 흔드는 진성이의 손을 따라 이리저리 흔들렸다.

한편 그때부터 뮤직비디오의 색감은 급격하게 달라지기 시작했다.

곡은 다시 시작되었고 고유준과 윤찬이가 있는 학교엔 밤이 찾아왔다. 어둑하던 하늘은 이상하게도 조금씩 색이 변하고 있었다.

천천히, 하지만 확연하게 달라지고 있는 색은 지금까지 판타지 세계관을 대표하던 파스텔 분홍색.

대신 오히려 판타지 세계관 쪽 배경은 조금씩 무너져 가며 점차 어두워졌다.

세상이 붕괴되기 시작한다.

달은 겨울처럼 빛나고

어둠 속에서도 네 모습은 보이니

다른 세계의 너라도

문제없이 사랑할 수 있으리

꽃밭에 선 나는 진성이가 짚고 있던 지팡이를 들고 진성이가 사용하던 브로치를 그대로 단 채 화면이 전환될 때마다 모습을 보였다.

빈 동아리실에 앉아 있던 고유준은 바뀌어 가는 하늘을 보고 아쉬운 듯 주변을 둘러보았다.

"이제 뭔가 세상이 바뀌고 있죠. 무슨 일일까요?"

주한 형이 진행하듯 멘트했다.

고유준은 천천히 일어나 동아리실 문을 열었다. 동아리실 바깥 복도 창문으로 보이는 하늘 또한 파스텔 색으로 물들어 가고 있었다.

고유준은 잠시 망설이다 덤덤하게 문밖으로 발을 내디뎠다.

동아리실 문이 닫히고, 카메라는 고유준의 흔적 없이 공허

한 학교 복도를 비쳤다.

"와, 이게 이렇게 바뀌었네. 진짜 고생하셨겠다."

"저희가 찍을 땐 아무것도 없는 어두운 학교였거든요. 정말 존경합니다, 제작자님들."

진성이가 머리 위로 엄지를 추켜들었다.

그리고 뮤비 속, 열심히 달리고 달려 하루 종일 달리던 윤찬이의 발이 우뚝 멈췄다.

윤찬이가 멈춘 곳은 학교 앞.

자신도 모르게 이곳에 온 것인지 매우 당황한 윤찬이는 허탈한 표정으로 학교를 바라보았다.

윤찬이의 눈에 보이는 파스텔 색의 하늘.

완전히 공포에 질린 얼굴로 뒷걸음질 치려 했지만 곧 들려오는 누군가의 발소리에 마지못해 활짝 열린 교문 안으로 발을 들였다.

"윤찬이 정말 저날 온종일 뛰었어요."

"뮤직비디오로 봐도 숨이 거칠어진다. 윤찬아, 고생했어."

"윤찬이 형 저날 몸살 걸렸잖아."

"아니에요. 전 좀 오래 운동하는 기분으로 나름 버틸 만했어요."

"……너무 착한데."

난 윤찬이의 머리를 쓸어 주고 등을 토닥여 주었다.

윤찬이 근육통으로 며칠 동안이나 삐걱댔었는데 그걸 괜찮다고 하다니, 도대체 얼마나 착한 건지.

윤찬이의 뒤로 윤찬이를 쫓는 누군가의 구둣발이 찍혔다.
윤찬이는 구둣발의 주인을 피해 어두운 학교 건물 안으로 더 깊이, 더 깊이 들어가기 시작했다.
그리고 뮤직비디오는 다시 붕괴되어 가는 세계 속 꽃밭에 선 나를 비췄다.
내가 감고 있던 눈을 뜨고 의미심장한 표정으로 화면을 바라보는 순간 또 화면이 바뀌었다.

난 이 밤을 기다리오
새벽이 밝아도
너의 환상을 기다리며
영원한 사랑을 속삭이겠소

휘몰아치던 노래가 멈췄다.
드르륵.
윤찬이가 거친 숨을 헐떡이며 숨을 교실 어딘가의 문을 열었다.
"허억……헉……."
윤찬이의 눈빛이 흔들렸다.

너무도 익숙한 이곳은 동아리실.

He betrayed us

윤찬이는 고유준이 써 놓고 간 문구를 망연자실하게 바라보았다.

그때 윤찬이를 따라 교실로 들어온 누군가가 교실 문을 닫았다.

화들짝 놀란 윤찬이가 뒤를 돌아보고, 카메라는 구둣발에서부터 천천히 올라가며 상대의 정체를 비춘다.

판타지 세계관 차림 그대로의 이진성이었다.

그는 친구가 아닙니다

검은 화면에 드러나는 흰 글씨.

그리고 다시 보이는 화면엔 고유준과 박윤찬의 흔적 하나 보이지 않는 빈 학교가 보였다.

장면의 배경은 운동장.

타닥타닥 타들어 가는 드럼통 속 불길을 바라보는 건 나였다.

검은 셔츠, 브로치 그대로의 차림으로 다시 검어진 현실 세계의 하늘 아래에서 나는 허무한 표정으로 불을 쳐다보았다.

그리고 손을 들어 불길 속으로 무언가를 떨어트린 채 학교 건물 안으로 걸음을 옮겼다.

고유준, 이진성, 박윤찬.

타들어 가는 건 세 명의 이름표였다.

건물로 들어가는 나를 옥상에서 내려다보는 주한 형.

형 또한 판타지 세계관에서의 차림새였다.

화면은 어두워지고 또 한번 검은 화면에 흰 글씨가 새겨졌다.

죄악감

사라진 추억에 대한 그리움

기꺼이 지고 살아가리

형을 위해서-

동아리실로 들어온 나는 칠판에 쓰인 'He betrayed us' 문구를 지운다. 얼떨결에 떨어진 눈물이지만 감독님은 눈물 또한 연출인 것처럼 잘 살려 주셨다.

그리고 뮤직비디오는 마무리되었다.

"……네. 끝이 났네요."

엔딩 크레딧이 올라가자 주한 형이 영상을 멈추고 멍하니 여운에 젖은 멤버들을 하나둘씩 깨우기 시작했다.

"자, 여러분, 집중하시고. 어떠셨나요?"

크로노스의 첫 정규 앨범 타이틀곡의 뮤직비디오인 만큼

신경을 많이 썼다고는 들었다.

　마침 우리들의 그룹 세계관은 반응이 아주 좋았고 이로 인한 유입도 많으니 데뷔 때부터 회사에서 유일하게 투자를 아끼지 않은 부분이기도 하고.

　이번 뮤직비디오는 유독 판타지적인 부분이 많이 드러났는데 마치 판타지 할리우드 영화 한 편을 압축해서 보는 기분이었다.

　저 속의 인물들이 우리라는 것 자체가 신기하고 영광스러울 정도로. 제작 시간이 자꾸 늦춰지는 이유가 있었네.

　"하늘 진짜 장난 아니지 않아요? 무슨 일이야. 이렇게까지 잘 나올 줄은 생각도 못 했다."

　"무너져 가는 세계? 그 현우 형 뒤로 배경 무너질 때 엄청 감탄했잖아."

　"맞아. 나도. 진성아, 뒤에 윤찬이 가리잖아. 앉아 줄래?"

　난 흥분한 진성이를 진정시키면서도 맞장구쳤다. 다른 멤버들 역시 첫 번째로 나오는 감상 평은 뮤직비디오의 CG에 대한 이야기였다.

　"그리고 여러분, 스토리에 대해선 어떻게 좀 알겠어요?"

　주한 형이 화제를 돌리며 물었다.

　그러자 열을 올리며 영상미 칭찬을 해 대던 멤버들이 조용해졌다.

　서로 눈치를 보며 머쓱한 미소를 짓는 걸 보면 나를 포함해 대부분 이해하지 못한 모양이었다.

주한 형은 어느정도 이해한 듯하지만 그에 대해 입밖으로 꺼내지는 않았다.

멤버들은 조용한 분위기가 계속되자 일제히 웃음을 터트렸고 그 사이에 내가 말했다.

"이런 부분을 우리 고리분들이 잘 해석해 주시리라 믿습니다. 저희보다 더 잘 아시잖아요."

"맞습니다. 여러분들을 믿습니다."

"아니 진짜. 매번 놀란다니까? 어떻게 그렇게 잘 아세요? 해석하신 거 보고 아니? 이게 이랬단 말이야? 하면서 맨날 놀라."

진성이가 또 흥분하길래 또 힘겹게 앉혔다. 내가 진성이에게 쩔쩔맨다는 표현이 딱 맞는 모양새였다.

멤버가 다섯이면 한마디씩만 내뱉어도 금방 시장통이 된다. 주한 형은 멤버들을 조용히 시키고 말했다.

"그럼 우리 이제 슬슬 마무리도 해야 하니까 이번 〈환상령〉 뮤직비디오에 대해 감상 평 정리. 딱 한마디씩만 하고 끝냅시다."

"오, 좋아요."

"그럼 저부터 할게요."

한마디를 어떤 식으로 해야 하는지 그 느낌을 알려 주려는 듯 주한 형이 자진해서 제일 먼저 하겠다 나섰다.

"일단 영상미가 마음에 들었고요. 윤찬이 뛰느라 고생많았다."

"……찐으로 개인적인 감상 평이네?"

고유준이 조곤거리며 웃었다. 주한 형은 이런 거라는 듯 어깨를 으쓱이며 제 옆에 있는 진성이를 가리켰다.

"다음은 우리 막둥이. 어땠어요?"

"저도 한마디로 하면 돼요?"

"예."

진성이가 입을 떼려는 순간 나를 포함해 사방에서 손을 둥글게 말아 마이크 들이대듯 진성이의 얼굴 앞에 들이밀었다.

진성이는 환멸스럽다는 듯 고유준과 나, 주한 형을 노려보고 툭 말했다.

"저도 이렇게 멋있게 만들어 주실 줄 몰라서 너무 좋고 신기했고요. 현우 형이 잘생겼습니다. 이상. 아! 다 치워!"

"서현우가 잘생겼다가 감상 평이야?"

고유준이 비웃듯 깔깔 웃었다. 난 일어나 고유준을 밀어 버리고 진성이에게 장난스럽게 물었다.

"좀 더 구체적으로 말해 볼래?"

"쟤는 칭찬받으면 어쩔 줄 몰라 하면서 저런다?"

"아니 나는, 솔직히 이번에 현우 형 되게 잘생기게 나오지 않았음? 꽃밭 저기가 치트 키야. 저번 뮤비에선 내가 잘생겼었거드은."

진성이는 외운 대사 읽는 것처럼 자화자찬하다 머쓱하게 말꼬리를 늘어트렸다.

"맞아요. 너무 잘생겨서 저도 계속 시선이 갔어요."

윤찬이가 말했다. 칭찬 좀 들어 보려 했더니 온몸이 간지러워서 못 견디겠다.

내가 더 말하려는 진성이의 입을 막고 다음으로 넘어가려던 차 주한 형이 내 손을 치우고 진지한 얼굴로 말했다.

"아니야. 현우는 원래 예쁜 애였어."

"……형은 서현우랑 윤찬이가 뭘 해도 예쁘다 하잖아? 고리 여러분! 주한 형, 멤버 편애 장난 아니에요. 최애가 서현우 차애가 윤찬이 아냐?"

고유준이 반쯤 웃는 얼굴로 서운한 척하며 주한 형에 대해 고자질했다.

"유준이 진성이는 어른스럽게 잘생겼지. 다 똑같이 좋아해. 뭘 편애하고 말고야. 형이 너한테 준 용돈만 얼마야, 이 녀석아."

주한 형은 고유준에게 툭 내뱉곤 다음으로 넘어갔다. 나, 윤찬이, 고유준 순으로 한마디씩 감상 평을 말했다.

"네, 저희는 모두 너무 만족스럽게 봤는데 고리 여러분들은 어떻게 보실지 모르겠어요."

"빨리 공개되었으면 좋겠어요. 뮤직비디오도 그렇지만 곡도, 안무도 너무 잘 나와서 얼른 같이 보고 함께 좋아했으면

합니다."

내가 말하자 주한 형이 고개를 끄덕인 후 마무리 멘트를
했다.

"그럼 여러분, 저희가 준비한 많은 것들, 즐겁게 봐 주셨
으면 좋겠습니다. 곧 무대에서 봐요! 둘, 셋!"

"크로노스였습니다! 감사합니다!"

"안뇽!"

진성이가 카메라를 향해 기어가 마지막 인사를 하고 촬영
을 종료했다.

"……우리 한번 더 볼까? 서현우."

"콜."

난 노트북 스페이스 바를 눌렀고 뮤직비디오가 다시 재생
되었다.

한번 더 봐도 놀라운 그래픽과 영상미.

우리는 그 이후 족히 다섯 번은 다시보기를 반복하다 연습
을 재개했다.

뮤직비디오 공개, 그리고 컴백까지 일주일 남은 날이었다.

Chapter 13.
정규 1집 (5)

컴백까지 앞으로 사흘.

우리들의 일상은 갈수록 단조로워졌다.

연습, 숙소, 연습, 숙소, 연습, 숙고 반복하다 어느날은 숙소를 건너뛰고 아예 연습실에 뻗어 숙식까지 해결하는 날도 생겼다.

이게 다 지금껏 없던 난이도의 댄스 때문이었다.

댄스도 힘들뿐더러 댄서들과 동작, 손발 각도 하나하나까지 맞추는 게 워낙 어렵다 보니 연습이 끝날 때쯤엔 걸을 힘조차 없어지곤 했다.

힘들다. 그래도 이런 퀄리티 높은 공연을 보일 생각을 하니 즐겁다. 딱 이런 마음으로 버티고 버티는 중이었다.

그러나 오늘은 이 단조로운 일상에서 벗어나 컴백 기념 너튜브 업로드용 영상 촬영이 있는 날이다.

"준비 끝났습니까? 촬영 들어가도 될까요?"

"네!"

크로노스 팀 스태프들이 힘차게 대답했다.

땀에 절은 연습복에서 벗어난 멤버들은 오랜만에 정장까지 싹 빼입고 아이돌다운 몰골을 하고 있다.

"크로노스 세트장 들어오세요! 각자 이름 적힌 자리에 앉으시면 됩니다!"

"네!"

마치 대기업 회의실처럼 만들어 놓은 세트장. 우린 세트장으로 들어가 자신의 이름이 쓰여져 있는 자리에 앉았다.

제2회 크로노스 회의가 개최된다.

지난 고리 창단식 때 이벤트 겸해서 촬영했던 '제1회 크로노스 회의'가 너튜브에도 공개되면 굉장히 흥했던 모양이다.

마침 개인 예능도 준비 중이고 그에 대한 빌드업도 할 겸 크로노스 회의를 정규 콘텐츠로 만들 예정이라고 한다.

오늘도 진행자는 주한 형. 진성이와 나, 고유준과 윤찬이로 편을 나눠 회의가 진행하기로 했다.

"그럼 촬영 시작할게요! 셋, 둘, 큐!"

편안한 분위기의 촬영장에 9시 뉴스 버금가는 비장한 BGM이 들려왔다.

"시청자 여러분, 안녕하십니까. 둘, 셋!"

"안녕하세요. 크로노스입니다. 잘 부탁드립니다!"

"네, 오늘은 기다리고 기다리던 제2회 크로노스 회의날입니다."

주한 형의 진행에 멤버들이 열띤 호응을 보냈다. 주한 형은 가슴에 손을 얹은 채 양쪽으로 한번씩 고개 숙여 인사했다.

"우선 제1회 회의에서 나온 안을 다시 한번 살펴보려고 하는데요. 가장 큰 논란거리였던-."

"논란이라놋!"

진성이가 벌떡 일어나 주한 형의 말에 크게 반박했다. 주한 형은 뻔뻔한 표정으로 진성이를 가리켰다.

"이진성 씨 보호자, 애 조용히 시키세요."

"아, 예, 죄송합니다. 애가 또……. 조용히 시키겠습니다. 죄송합니다. 한번만 용서해 주세요."

"아, 무슨 소리예요!"

"한번은 용서해 주겠습니다. 앞으로 주의해 주세요."

난 순순히 사과하며 진성이를 달래 자리에 앉혔다. 맞은 편에서 고유준과 윤찬이가 입술을 잘근거리며 웃음을 참고 있었다.

주한 형은 아무 일도 없었던 것처럼 진행을 이어 나갔다.

"지난 회의 가장 큰 논란이 되었던 '이진성은 언제까지 벌크업되는가?'. 결국 과반수의 의견에 의해 당분간 벌크업 금지형이 처해졌었는데요. 잘 지켜진 것으로 보이십니까?"

고유준이 손을 들었다. 주한 형이 지휘봉으로 고유준을 가리켰다.

"예, 고유준 씨. 말씀하시죠."

지휘봉을 휘두르는 손짓에 은은한 멋이 들어가 있는 것이 주문만 외우면 마법사로 보일 뻔했다.

고유준은 들었던 손을 내려 그대로 윤찬이를 가리켰다.

"쌤, 얘가 할말 있대요."

"……쌤 아닙니다."

"쌔앰!"

"……난 가끔 고유준 보면 좀 미친 것 같아."

내가 진성이에게 소곤거리자 진성이는 심각한 표정으로 공감하며 고개를 끄덕였다.

주한 형은 한숨을 푹 쉬며 고개를 끄덕였다.

"네, 그럼. 박윤찬 학생."

아이고, 그걸 또 주한 형은 받아 줬다.

"말해 보세요. 할 말이 뭐죠?"

그러자 윤찬이가 고유준 한번, 나 한번 눈치를 보다 주한 형에게 말했다.

"진성 씨 룸메이트로서 제보할 것이 있습니다."

"네, 말씀하십시오."

"아, 형!"

진성이가 또 책상을 치며 벌떡 일어났다. 난 덜컹거리는 책상을 황급히 정리하며 진성이를 달랬다.

"성아, 쉿쉿, 저 형아 이야기하고 있지?"

"아, 현우 형도 좀!"

윤찬이는 꿋꿋하게 말했다.

"진성 씨 벌크업 금지당한 이후 멤버들 몰래 자기 전 푸시업 하고 잡니다. 쇼핑몰에서 아령 찾아보는 것도 봤습니다."

"아니 난 푸시업도 못 해?"

"에이, 진성 씨, 그건 아니죠! 어떻게 숙소에서 푸시업을 하고 아령을 찾아볼 수가 있어요! 어떻게 그럴 수가……."

고유준이 충격받았다는 표정을 하며 날 가리켰다.

"저기 현우 씨 너덜거리는 것 좀 보세요. 저게 다 진성이 한테 이리저리 치여서-."

"여기 왜 이래?"

주한 형이 한층 더 멋스럽게 지휘봉을 휘두르며 날 가리켰다.

"현우 씨, 얼른! 진성 씨 어깨, 팔 만져 보십시오!"

"아니, 나한테 왜 그래? 여기 이상해요!"

난 진성이 어깨, 팔을 주물러보고 손을 들었다.

"재판, 선생님! 진성이 팔 엄청 단단합니다!"

주한 형은 흥분해서 소리지르더니 순식간에 무표정으로 돌아와 의사봉을 들었다.

"진성 씨는 벌크업 금지를 지키지 않았음으로 이번 활동 기간만큼 형을 연장하도록 하겠습니다."

땅땅땅!

내려진 판결에 진성이는 절규했고 멤버들은 웃었다.

그렇게 들뜬 분위기를 얼마나 유지시켰을까. 주한 형은 상황을 정리하고 다음 진행으로 넘어갔다.

"이제 본격적으로 이번 2회 첫 번째 주제를 발표하겠습니다."

주한 형이 들고 있던 판넬의 스티커를 떼어 냈다.

고유준의 '자기야' 사태. 어떻게 책임질 것인가

-〈비긴 뒤 어게인〉 촬영 당시 공개된 서현우와의 영상통화에서 고유준이 '자기야' 등등의 발언을 하며 시키지도 않은 상황극을 시전했다.

-그 때문에 해당 영상이 너튜브에 공개된 직후 고리들은 영상통화 상황극을 멤버별로 내놓으라, 콘텐츠로 만들어라는 등의 요구를 하기 시작했다.

-고유준의 발언으로 인해 멤버들은 오그라드는 연기를 해야 하는 위기에 놓여 있다.

-고유준은 이 상황을 어떻게 책임질 것인가?

"예, 이 안건은 우리 크로노스와 스태프 중 누군가가 익명으로 제시한 건입니다. 고유준 씨의 '자기야' 사태."

주한 형이 말하자 고유준이 코웃음을 치며 어이없다는 듯 말했다.

"이게 책임까지 질 일입니까? 난 그저 열심히 했을 뿐이야!"

그러자 진성이가 또 책상을 부러트릴 것처럼 쾅 치고 일어나서니 소리쳤다.

"현우 형은 연기를 못한단 말이야!"

"……아니 거기서 내가 왜 나오냐?"

진성이는 정말 분노한 것처럼 씨익거리다 순간 몰입이 깨졌는지 픽 웃었다.

회의가 엉망진창으로 돌아가고 있었다.

"진성 씨, 회의 중에 웃는 거 아니죠? 웃지 마시고 자리에 앉으세요."

"난 잘못한 거 업쒀억!"

고유준이 진성이를 흉내 내며 책상을 치고 일어났다.

"도대체 이걸 주제로 삼은 분 누구시죠?"

"고유준 앉아!"

주한 형이 이에 질세라 더 크게 소리를 지르며 지휘봉을 휘둘렀다. 이제 더 이상 저 막대기는 지휘봉의 기능을 하고 있지 않았다. 휘두르는 솜씨와 동작을 보아 주문만 외우면 곧 막대기 끝에서 마법이 발동될 것만 같았다.

"왜요! 왜 앉아야 합니까!"

"손들고 재판장님 이의 있습니다, 외치고 말하세요!"

"그런 게 중요해요? 이미 일어났는데 그냥 말하게 해 줘요!"

"본 재판은 철저히 규칙을 지키며 진행되고 있습니다."

주한 형의 말에 고유준은 픽 웃더니 얌전히 앉아 책상을 제대로 정리하고 윤찬이의 어깨에 달린 먼지까지 털어 준 후 손을 들었다.

"재판장님, 할 말 있습니다."

"네, 고유준 씨 말씀하세요."

"이건 제 잘못이 아니라고 생각합니다. 제가 책임질 게 아니고-."

고유준이 손가락으로 날 가리켰다.

"저기 저 너덜거리는 서현우 씨의 책임이 아닐까요?"

그러자 주한 형이 책상을 탕, 치고 벌떡 일어났다.

"이게 어떻게 현우 씨 책임이야 하압! 기각!"

고유준이 카메라를 보고 짙은 쌍꺼풀을 만들며 말했다.

"고리 여러분! 이것 보라고요! 지금 재판장님은 한쪽을 편애로 재판을 진행하고 있습니다!"

"이것은 편애가 아닙니다. 저는 공평히 재판을 진행하고 있습니다."

난 열심히 말씨름을 하는 두 사람의 눈치를 보다 슬그머니 일어나 주한 형에게로 다가갔다. 그러곤 주한 형의 품에 폭 안겨 얄미운 표정으로 고유준을 바라보았다.

주한 형은 그에 맞춰 눈을 감고 미소 지으며 내 머리를 쓰다듬었다.

"이건 내 탓이 아니라고 우리 형이 말하잖아앗!"

회의는 갈수록 쑥대밭이 되고 있었다. 점점 분위기가 과열

되고 결국 처음 주제에서 벗어난 지 한참이 되자 지켜보던 제작진이 나서 상황을 중재시켰다.

-자, 다들 물 한 모금씩 마시고 다시 주제로 돌아가 주세요.

모두가 각자의 자리에 다시 앉고. 제작진의 지시로 물까지 마신 후 한층 진정된 분위기에서 다시 진행된 회의, 아니 재판, 아니 회의.

"그럼 좀 진정하고 유준 씨의 의견을 다시 들어 보도록 하겠습니다. 유준 씨."

"네, 재판장님."

"왜 이 사태가 서현우 씨의 책임이라고 생각하십니까?"

"왜냐하면 말이죠. 그 영상 잘 보시면 저한테 시킨 건 서현우 씨입니다. 결코 제가 원해서 자진해서 한 것이 아니란 말입니다!"

"아, 맞네. 그렇다. 처음엔 현우 형이 시켰었다."

진성이가 현실 말투로 돌아와 맞장구 쳤다. 내가 진성이의 어깨를 토닥이자 진성이는 '헉' 하고 숨을 들이켜더니 말을 바꿨다.

"무슨 소리예요! 현우 형이 언제 시켰어요? 재판장님, 지금 유준이 형은 거짓을 말하고 있습니다!"

"자, 진정하시고."

주한 형이 마법봉이 된 지휘봉으로 날 가리켰다.

"유준 씨가 현우 씨의 책임도 일부 있다고-."

"일부가 아니라 전체요!"

"'일부'있다고 하셨는데요."

"와악!!! 저 형 진짜!"

"우리 현우 씨의 의견은 어떤지 들어 보겠습니다."

난 슬쩍 고유준의 눈치를 보았다.

고유준은 소리친 것에 비해 매우 즐거워 보였다. 난 할 말을 정리한 뒤 천천히 말했다.

"일단 제가 유준 씨에게 시킨 것은 아닙니다. 저는 그저 유준 씨에게 고리들과 영상통화를 하는 것처럼 해 달라 주문한 것이었죠."

"네, 그래서 '자기야' 사태는 현우 씨 탓이 아니다?"

"네, 제 탓 아닙니다. '자기야'는 고유준 씨가 고유준 씨의 머리로 생각해서 한 말이 아닙니까!"

그러자 눈치를 보며 가만히 있던 윤찬이가 손을 들었다.

"저 할 말 있습니다, 선생님."

"네, 말씀하세요. 윤찬 학생."

이번엔 재판장에서 학교다.

"이 이야기는 누군가의 백 퍼센트 과실로 결과를 낼 수 없을 것 같습니다. 현우 씨와 유준 씨 반반씩의 책임으로 하는 것이 어떨까요?"

주한 형이 감탄하며 손뼉을 쳤다.

"크으, 맞는 말이에요. 그럼 두 사람 모두의 책임으로 할까요?"

"아니 근데 이게 책임까지 질 잘못인가요? 고리들한테 애정을 담아 호칭을 부른 것이 잘못입니까! 그 영상 조회 수가 얼마나 잘 나왔는지 알앗?"

고유준의 말에 주한 형이 나를 가리켰다.

"그 영상의 기획자는 현우 씨가 아닙니까!"

영원히 끝나지 않을 것 같은 이 화제. 결국 다시 한번 제작진이 나섰다.

-여러분, 이대로는 끝나지 않을 것 같으니까요.

"그럼 어떻게 하죠? 유준이, 현우 둘이 여기서 레슬링이라도 할래?"

주한 형의 말도 안 되는 말에 PD님이 헛웃음을 내며 말했다.

-허헛, 그게 아니고 예스, 노로 정하시죠. 고유준 씨가 책임을 져야 한다로.

"좋습니다. 그럼 여러분, 고유준 씨가 이 사태에 책임을 져야 한다고 생각하는 분들은 머리 위로 큰 동그라미, 이건 책임질 일이 아니라고 생각하는 분들은 엑스. 하나, 둘, 셋!"

멤버들이 일제히 동그라미 또는 엑스를 표시했다.

결과는 아주 당연하게도 고유준을 제외한 멤버 모두가 동그라미를 표시했다.

고유준은 다른 누구보다 윤찬이를 원망스레 바라보았다.

"윤찬아! 너는 믿었는데! 형 너무 마음이 아프다! 하!"

"하하."

윤찬이는 영혼 없는 웃음소리를 내고 고유준의 시선을 피했다. 이 긴 토론의 결과가 정해지자 PD님이 말했다.

－그럼 이 사태는 유준 씨가 책임져야 하는 것으로 결론이 났네요.

"어떤 식으로 책임을 지는 건가요?"

내가 묻자 PD님은 주한 형 옆에 있는 판넬을 가리켰다.

－판넬 한 장 넘겨 보시겠어요?

"아, 한 장 더 있었네."

주한 형이 두 번째 판넬에 붙어 있던 스티커를 떼어 냈다.

'책임지고 찍어라'형!

－고유준 씨는 '자기야' 사태를 일으킨 범인으로 '책임지고 찍어라'형에 처해졌습니다.

－이번 〈환상령〉 활동이 마무리되기 전까지 책임지고 멤버 모두의 상황극 영상통화 영상을 찍어 와야 합니다(본인 포함).

－실패 시, 다음 활동까지 기간 연장 및 홀로 추가 촬영.

이, 이게 무슨…….

멤버들에게서 일제히 탄식이 쏟아져 나왔다. 반면 고유준은 활짝 펴선 꺽꺽거리며 웃어 댔다.

－유준 씨가 책임지고 멤버 모두의 '자기야' 영상을 찍는 것으로.

"네! 고리 여러분! 충성! 잘 찍어서 최대한 빨리 업로드하도록 하겠습니다!"

고유준은 신이 나서 카메라 앞에 경례까지 하고 멤버들은 늘어졌다.

그 이후 우리는 '서현우는 박윤찬을 안심 인형으로 생각하는 것이 아닌가?', '박윤찬 알고 보니 크로노스의 실세?', '크로노스 노잼설, 사실인가?' 등등의 안에 대해 토론하며 촬영을 마무리했다.

그날 촬영을 마무리하고 돌아온 멤버들은 안무 연습조차 못하고 그대로 잠들어 버렸다.

왜 앉아서 얌전히 토론만 했는데 피곤해진 것인지 알 수 없는 일이다.

그로부터 조금 더 시간이 흘렀다.

첫방 전임에도 불구하고 오늘은 연습이 없었다.

대신 숙소를 돌아다니는 멤버들 사이에 크게 긴장감이 맴돌았다.

언제나 떠들썩하던 진성이는 조용히 그리고 얌전히 소파에 앉아 있었고 툭툭 지나치기만 해도 장난을 걸던 고유준은 내 옆에 그저 앉아만 있었다.

"……."

"……아."

"……"

다들 한 공간에 모여 있는데 이렇게 조용할 수 있다니. 하지만 그렇다고 해서 내가 먼저 말을 꺼낼 생각은 추호도 없었다.

입술이 바짝 말라 갈 정도로 뛰는 심장소리를 듣는 것만으로도 벅차기 때문이었다.

주한 형이 말없이 시간을 확인했다.

"……3분 남았어."

"……허어."

큰 숨을 몇 번이나 들이켜도 모자랐다.

3분 후, 우리의 〈환상령〉 뮤직비디오가 공개된다.

설레고 긴장되고 기대되었다.

노트북을 두고 멍하니 화면만 쳐다보며 1분, 2분, 3분.

"형! 지금! 시간 됐어!"

진성이가 말했고 주한 형이 새로고침을 두어 번 눌렀다.

그리고 마침내 뜬 뮤직비디오.

크로노스(Chronos) '환상령(喚想靈)' Official MV

몇 달간의 결과물이 세상에 공개되었다.

주한 형이 영상을 클릭하고, YMM 로고와 함께 뮤직비디오가 시작되었다.

이미 몇 번이고 돌려 봤던 영상이지만 공식 채널에 업로드

된 영상을 보는 건 또 마음가짐이 달랐다.

우린 입을 다문 채 처음부터 끝까지 다시 한번 뮤직비디오를 감상했고, 긴장되는 마음으로 새로고침을 눌렀다.

뮤직비디오가 업로드된 지 넉넉히 시간이 지났다.

과연 초반 조회 수가 얼마나 될지.

회사는 〈비갠 뒤 어게인〉도 있고 직캠 등이 크게 이슈화되어 여러모로 해외 유입도 늘어서 1시간에 약 10만에서 20만 뷰 정도를 예상한다고 했었다.

모두 긴장한 상태로 조금 버벅이는 화면이 뜨길 기다렸다.

그리고 나온 초반 조회 수는 34만.

그리고 인기 급상승 13위.

또 새로고침 하니 36만.

1시간도 안 됐는데?

국내에서만 인기 많던 크로노스에게선 지금까지 전혀 예상할 수도, 볼 수도 없는 조회 수였다.

〈비갠 뒤 어게인〉 라이브 클립 영상이 하나씩 올라가기 때문인가?

해외 공연 직캠 영상이 K-POP 팬들 사이 크게 이슈가 되었던 이유도 있을 것이고.

그냥 관심도가 크게 늘어난 건가?

도대체 어떻게?

"……도대체 어떻게 하면 조회 수가 이렇게 나와?"

고유준이 물었으나 아무도 대답해 줄 수 없었다.

아무도 예상하지 못한 성적이라서.

뮤직비디오가 공개되었다. 언제나 그렇듯 크로노스는 기대 이상의 곡과 기대 이상의 컨셉을 보여 주었다.

또한 뮤직비디오의 조회 수는 크로노스의 성장을 증명하듯 폭발적으로 올라가고 있었다.

이것은 YMM보다 더 크로노스를 잘 알고 있다 자부하던 고리들은 이미 예상한 일이었다.

이미 이전부터 댄스 챌린지, 특유의 세계관과 퍼포먼스로 특별한 마케팅 없이도 조금씩, 서서히 해외에서의 인지도를 높여 가던 크로노스였다.

돈을 쓴 만큼 반응이 온다고, YMM에서 투자를 아끼지 않는 뮤직비디오는 언제나 유일한 마케팅 효과를 누릴 수 있었다.

그러던 와중 크로노스는 〈비갠 뒤 어게인〉으로 미국 이곳 저곳에서 공연을 했었고, 특히 마지막 날 치렀던 페스티벌로 그 어느 때보다 관심도가 높아진 차였다.

업로드된 지 30분도 안 되어 폭발적으로 올라간 조회 수가 그 증거다.

각종 국내외 리액셔너들이 이 기회에 크로노스의 뮤비와

더불어 길거리 공연, 이전 무대 등을 조명하며 일명 '크로노스 정주행'을 시작했다.

최근 자주 이름이 오르내리는 그룹.

그것만으로도 이들의 뮤비를 주목할 이유는 충분했다.

24시간 2,300만 뷰. 국내에서 벗어나 세계의 K-POP 팬이 주목한다는 건 그 규모부터 달랐다.

한 가지 확실한 건 크로노스는 예상도, 상상도, 기대도 하지 않았던 대박이라는 것이었다.

(동결끝)스밍하는윤자 @jaja · 1분
10초 순삭-
(10초간 서현우 뮤비 속 아이컨텍 영상.avi)
답글1 RT7 좋아요12

인간피톤치트윤찬 @Ynca · 10분
나 지금 ㅈㄴ급하다..ㅁ.ㅕ가 급한지 모르겠는데 빨리 뭐라
도 해야할 것가타...이게 사람 외모야 뭐야...학원에서 현실
로 소리질렀네...현우야....
(면사포 잡아끌어 정체 드러내는 서현우 보정본.gif)
답글 RT24 좋아요39

스밍하세요 @dkanjgo · 20분
나 면사포 좋아하네...
(면사포 잡아끌어 정체 드러내는 서현우 보정본2.gif)
답글 RT18 좋아요37

환상령에현생없어짐 @doyou · 2분

근데 이번 뮤비 애들 다 갓벽 예쁘긴 한데 꽃밭 보정인가
진짜 현우가 너무 역대급임...나 귀걸이 이제 발견했잖아 현
우야...네 외모가 지구 모든 악세사리를 초라하게 만드뤄...
(귀걸이 보이는 사선에서 정면으로 돌아보는 서현우.gif)
답글 RT 좋아요

피카츄귀여워 @ppika · 5분
나 고유준 등장하는 순간 내뇌속 드라마서사 2381668866553
개 만들어졌다...ㅅㅂ존나 너무 사랑해 여보
답글 RT 좋아요

라이츄 @lie_24 · 3분
이렇게 정장 잘 어울리는 스무짤이 있을 리가 없어....유준
아....
답글 RT 좋아요2

환상령에불뿜는 @pa2ri · 1시간
같은 그룹 내에 분위기 극과 극인 동갑내기
(환상령 속 서현우와 고유준 보정 움짤 합친 것.gif)
답글 RT48 좋아요92

꼬부기 @rollin · 30분
유준이 정장 입고 등장하는 모습에 나만 숨 참은 거 아니
지...? 분위기 진짜...
답글 RT 좋아요7

버터플라이 @jesong · 30분
그래 현우야. 고대로 나한테 시집와. 잘해 주께
답글2 RT8 좋아요6
└버터플라이 @jesong · 5분

다시한번
아이돌

@jesong님에게 보내는 답글
장가인 거 압니다 알고도 한 거예요 멋대로 인용하지 마세요 할 거면 뭐라고 썼는지라도 알려 주던가...ㅅㅂ
답글 RT 좋아요2

도란도란 @yadoran · 2분
아니 근데 우리 주한이 분량 왜케 읍냐...? 와엠 뒤지기 전에 주한이 분량 좀 늘려달라고ㅠㅠㅠ왜 맨날 강리더 분량만 이따구인데ㅠㅠㅠㅜㅜㅜㅜㅜ서럽네 진짜...
답글 RT2 좋아요5

멤버들이 느낀 그대로 고리들도 느꼈다.

이진성이 이야기한 대로 서현우의 비주얼은 객관적으로 특히나 뛰어났으며 고유준은 뮤직비디오 전체의 무거운 분위기를 잘 표현했다.

또한 강주한의 적은 분량엔 불만을 나타냈으며 그 외에 박윤찬의 달리기에 함께 숨이 찼다든가 이진성의 연기에서 평소와 다른 갭이 느껴져 좋았다든가 하는 감상 평들이 올라왔다.

하나같이 영상미와 비주얼 하나만은 이견 없이 만족한 분위기였다.

오죽하면.

테트리스 @ddiddi · 40분
와엠 ㅈㄴ 싫은데 솔까 곡이랑 뮤비컨셉 하나는 끝장나서

개빡침...
답글 RT 좋아요

    이런 게시글이 쉬지 않고 올라올까.

    한편 〈퍼레이드〉부터 시작되는 스토리가 〈환상령〉에 오고서야 완전히 마무리된 만큼 정확한 스토리를 궁금해하는 사람도 많았다.

좋은하루되세요 @hahahihu · 2분
현우가 배신자라는 거임? 현우 배신자 확실한 거 같은데...몰게따 곧있으면 누군가 해석해 주겠찌...
답글 RT 좋아요

스밍또깍 @hase_77 · 방금
나나나 스토리 과몰입했어...아뉘...결말을 보고시펐는데 보고싶지 않아써...무슨 뜻인지...알지..? 와엠 개갞이드라...공식 해석본, 책내줘...
답글 RT 좋아요

벌크업추진위원 @js_ss · 방금
님들 참고 부탁드립니다! 음원 좋아요, 스밍인증해 주시면 추첨을 통해 원하시는 카페 기프티콘 드립니다 ! !!!
(스밍리스트와 스밍 돌리는 방법.jpg)
답글 RT 좋아요

많은 사람들이 뮤직비디오의 해석 글을 기다렸다.

특히 이번 뮤직비디오 같은 경우 의미심장한 장면이 굉장히 많이 나온 터라 더더욱 그랬다.

각종 해석 영상과 글은 뮤직비디오가 공개된 지 약 3일이 지난 후 서서히 게시되기 시작했다.

[크로노스]환상령 뮤비 해석 궁예

20xx. 06. 42 | ○○

퍼레이드-즐거울락에 이어 환상령 뮤비 궁예도 가져왔습니다!

솔직히 좀 헷갈리고 어려워서 관둘까했는데 다들 기다리시기도 하는 것같고 애정으로 끝까지 해 보고 싶기도 해서 나름 열심히 궁예해 봤습니당...

근데 이건 전부 저의 뇌피셜이고 말 그대로 궁예일 뿐이라는 거 명심하시기! 저는 공식이 아닙니다ㅣㅣ!

그럼 시작!

지금까지 나온 문구

숨바꼭질

친구가 아닙니다

졸업하면 찾아갈 겁니다

It's too late when you realize it(알아차렸을 때는 이미 늦었다)

그를 무시하시오

예전 즐거울락 해석에서 이게 나폴리탄 괴담에서 차용한 것일 거라고 말했었죵

이때 그를 무시하시오, 친구가 아닙니다〈〈를 주목하세요.

지난 즐거울락 컨셉포토를 보시면

요거, 이게 힌트라고 생각해요.

우린 지난 뮤비들을 거치며 이미 세계관 속 진성이가 사람이 아님을 알고 있어요.

그렇다면 그=진성

그(진성)를 무시하라고 했는데 포토를 보면 현우가 진성이와 함께 있습니다.

'현우는 진성이를 무시하지 않았어요.'

저는 이 스토리의 시작이 이것이라고 생각해요.

1.현우는 진성이를 무시하지 않았다.

2.그래서 진성이는 현우가 졸업하면 데려가려고 했다.(=졸업하면 찾아갈 겁니다)

3.현우는 그것도 모르고 자신의 동아리 친구(멤버들)에게 진성이를 소개한다.

4.시간이 흘러 주한이와 유준이의 졸업식이 된다.

그리고 졸업식날 밤, 진성이는 현우와 마찬가지로 자신을 무시하지 않은 주한이와 유준이, 그중 주한이를 먼저 데려가게 됩니다.

≪여기까지가 즐거울 락의 새로운 스토리 정리...

이후 2년의 시간이 지나고 스토리는 이번 시리즈의 첫 타자였던 '퍼레이드' 뮤비로 넘어가게 돼요.

유준이는 졸업한 후 어엿한 직장인이 되었습니다.

퍼레이드 첫 부분을 보면 현우가 시계가 가득한 곳에서 무언가를 하고 있어요.

(퍼레이드 시계 공방에서는 서현우.jpg)

현우는 자신의 형인 주한이를 찾기위해 진성이가 있는 세계로 가기 위한 연구를 합니다.

(윤찬이는 교복을 입고 있으나 현우는 그렇지 않은 걸 보아 학교는 그만둔 것이 아닌가...)

그리고 연구를 성공해 그 세계로 넘어가죠.

하지만 그대로 진성이에게 붙잡히고 말아요.

여기서부터!!!!

퍼레이드와 환상령의 스토리가 섞이기 시작합니다.

환상령 뮤비에 보면 이 장면.

(이진성과 면사포 쓴 서현우가 손을 맞잡고 있음.jpg)

전 이게 바로 환상령 초반 유준이가 칠판에 썼던 '그가 우리를 배신했다'는 장면으로 보입니다.

현우는 주한이를 구하려다 잡혔고 환상령 마지막 구절을 보아 자신과 형 주한이의 탈출을 위해 친구들을 배신하기로 마음먹습니다.

진성이와 손을 잡고 다른 두 친구 유준이와 윤찬이를 자신과 형 대신 진성이의 곁에 두려 하죠.

환상령에서 현우가 진성이의 자리를 물려받는 장면이 나오죠?

(꽃밭에 서현우가 지팡이를 짚고 선 장면.jpg)

그리고 작업을 시작합니다.

그리고 윤찬이의 졸업식이 찾아옵니다.

(이건 딱히 뭐 없었지만 그냥 졸업하면 찾아온다고 했으니까 졸업식에만 데려갈 수 있는 게 아닐까 하고요...ㅎㅎㅎ뇌피셜임다)

퍼레이드에서 현우는 두 사람에게 구조 신호를 보냅니다.

유준이와 윤찬이는 현우의 올가미에 걸려들고 밤의 학교로 오게 됩니다.

가장 먼저 걸린 건 유준이.

하지만 유준이는 2년 전 졸업식을 한번 겪은 사람이죠.

이유는 알 수 없지만 유준이는 이것이 함정이고

It's too late when you realize it(알아차렸을 때는 이미 늦었다)

이미 자신이 걸려들었음을 알아차립니다.

이미 하늘이 파스텔 색으로 물들어 있었거든요. 이 학교는 지금 진성이와 현우의 영역입니다.

(환상령 뮤비 속 고유준 모습 캡처.jpg)

그래서 체념하고 윤찬에게 힌트(그가 우릴 배신했다고 칠판에 씀)를 준 채 스스로 그 세계에 발을 들게 됩니다.

(퍼레이드 끝부분, 고유준과 이진성이 만나는 장면.jpg)

한편 똑같이 현우의 올가미에 잡힌 윤찬이는 열심히 도망칩니다.

(환상령, 도망치는 박윤찬.jpg)

그러나 졸업을 맞이한 윤찬이는 현우에게 세계를 맡기고 온 진성이가 직접 잡으러 갔고, 결국 잡히는 것으로 끝이 납니다.

(환상령 후반부, 교실 문 닫고 천천히 박윤찬에게 다가가는 이진성.gif)

진성이에게 새 친구 만들어 주기 이벤트를 훌륭히 완수한 현우는 친구를 배신한 대가로 주한이와 함께 탈출을 성공했습니다.

(밤, 학교에서의 서현우와 강주한, 그리고 드럼통으로 들어가는

이름표.jpg)

두 사람은 현실로 돌아왔고 나머지는 셋은 또 다른 세계로 가서 현실에선 없어집니다.

[죄악감]

[사라진 추억에 대한 그리움]

[기꺼이 지고 살아가리]

[형을 위해서—]

현우는 죄악감이 들지만 형을 위해서 자신이 했던 모든 일들을 감수하기로 합니다.

그들의 이름표를 태우며 이 사건을 기억 속에 묻기로 하며 뮤비는 끝이 납니다.

후....끝났네요....진짜 정말 너무 힘들었습니다....이로써 이번 나폴리탄 뮤비 시리즈는 완전히 끝난...거겠죠?

너무 흥미롭기도 하고 영상미도 좋았어서 아쉽지만 다음 컨셉도 분명 기대 이상으로 나올 거라 믿어 의심치 않습니다!

다시 한번 이건 오피셜이 아닌 저의 뇌피셜, 궁예 글임을 감안해 주시고요!

전 이만 스밍하러 갑니다!

(댓글을 쓸 수 없는 게시글입니다)

Chapter 13.
정규 1집 (6)

컴백의 들뜬 분위기는 계속되었다. 고리들도 회사도 멤버들도 난리가 났다.

뮤직비디오는 체감이 되지 않는 엄청난 조회 수를 찍으며 기사가 났고 음원 또한 마찬가지다.

고리들이 엄청난 화력으로 우리의 컴백을 환영해 준 덕분에 우린 전에 없는 기록을 매시간마다 달성하고 있었다.

정말 이게 무슨 일인가, 이렇게 대박이 나는 것인가 싶었다.

우리는 감사함을 담아 컴백 무대 전까지 매일매일 한 명씩 큐앱 라이브를 진행하기로 했다. 곧 있으면 편집된 크로노스 회의도 공개될 것이다.

그날은 마침 〈비갠 뒤 어게인〉의 방송일이기도 해서 마치

축제라도 열린 듯 좋아할 고리들의 모습이 생생했다.

그리고 서서히 멤버들의 개인 활동 일정이 잡혀 갔다.

윤찬이는 오늘 드라마 오디션을 보러 갔고 주한 형이 OST를 작곡하고 고유준이 녹음했던 드라마는 얼마 전 시사회를 했다.

그리고 나는 〈졸업합니다〉에 이어 또 고정 개인 예능 하나가 잡혔다.

이번엔 함께하는 멤버 없이 온전히 나 혼자 고정으로 들어가는 것이다.

예전부터 한다 안 한다 이리저리 말이 많던 게임 예능.

오픈 10주년을 맞이한 게임 〈원아워즈〉의 레이드를 연예인들끼리 뛰어 보는 내용의 예능.

결국 하기로 결정한 모양이었다.

게임 대규모 업데이트가 끝나고 원래 게임을 하던 공대들이 우르르 도전할 때 경쟁하듯 연예인 공대도 함께 도전해서 클리어에 목적을 두는, 솔직히 플롯만 보면 딱히 재미없을 것 같은 예능이다.

"저 컴퓨터도 없는데 이런 예능 해도 괜찮아요?"

"아이, 숙소에 조만간 컴퓨터 하나 올려 보내 줄게."

호언장담하며 말하는 김 실장님에게 나는 떨떠름한 표정을 지으며 말했다.

"실장님 오피스용 컴퓨터로는 안 돌아가요. 그 게임, 최적화가 안 되어 있어서 게이밍 컴퓨터는 있어야 하는데 비쌀걸요."

내 말에 김 실장님이 눈동자를 돌리다 씨익 웃었다.

"사 준다니까 내 말이라면 무조건 안 믿지?"

그 말 그대로다. 실장님 말은 대부분 일단 의심부터 하고 본다, 나는.

내가 대답하지 않자 김 실장님은 믿으라는 듯 수첩에 '게이밍 컴퓨터'라고 필기한 것을 보여 주었다.

"꼭 사 줄 테니까 그 전까진 회사에 있는 컴퓨터로 일단 어떻게든 해 봐."

"네엡."

내 예상으론 방송이 끝날 때까지 회사의 오피스 컴퓨터로 연습할 것 같다.

그냥 그런 미래가 눈에 훤히 보였다.

"그럼 얘기는 여기까지. 미팅은 컴백 이후니까 그때까진 연습에만 집중해도 될 것 같다."

"감사합니다."

짧은 회의가 끝나고 난 멤버들이 연습하고 있는 연습실을 지나쳐 건물 로비로 나왔다.

회의할 때부터 계속 전화가 오고 있었기 때문이다.

"……아이고, 누나."

휴대폰을 보니 누나 이름으로 부재중이라는 표시가 미친 듯이 떠 있었다.

난 헛웃음을 치며 누나에게 전화를 걸었다.

누나는 신호가 채 울리기도 전에 바로 전화를 받아 대뜸 소리쳤다.

-야!

아오, 귀청 떨어지겠네, 진짜. 난 반사적으로 인상을 찌푸리고 대답했다.

"응, 회의 중이었는데. 무슨 일이야?"

-회의? 혹시 내가 회의 방해했어?

내 말에 누나는 금방 목소리가 변하며 걱정 가득하게 물어봤다.

나이 차이가 많이 나는 우리 남매는 다른 집과는 달리 꽤 사이가 좋은 편이었다.

일단 누나와 일곱 살 차이가 나기도 해서, 내가 함부로 못 개겼다.

뭔가 일이 있으면 누나에게 혼이 나면 났지, 싸운다거나 하는 사이는 아니었다.

"아니, 끝났어. 근데 왜?"

-왜는 무슨 왜. 너희 뮤직비디오도 뜨고 기사도 났는데 이제 슬슬 집에 좀 오고 하지?

"아."

-너 영영 안 보고 살 것도 아니잖아? 저번에 유준이한테 들어 보니까 다른 멤버들은 휴가도 가고 했다던데 넌 왜 소

식이 없어? 우리가 뭐 잘못한 것도 아니고. 부모님이 얼마나 걱정하는 줄 알아?

"그게……."

난 누나에게 혼이 나며 입을 꾹 다물었다.

다물고 싶어서 다문 건 아니고 누나가 무척 화가 난 목소리로 엄청나게 말을 쏟아 내고 있었기 때문이다.

-무조건 와. 컴백하기 전엔 안 건드릴 테니까 무대 끝나면 무조건 와. 너 이것도 불효야. 알아?

불효라는 소리에 심장이 덜컹 내려앉았다. 난 뒤늦게 내가 입술을 잘근거리고 있었음을 깨닫고 그만두었다.

"……알았어. 컴백 무대 끝나면 바로 갈게."

-무조건. 안 오면 찾아간다.

"무조건 갈게."

그래, 언제까지 피할 수도 없는 노릇이다.

내가 분명하게 말하자 그제야 누나는 목소리를 누그러트렸다.

-알았다. 엄마한테 그렇게 전해 둘게. 밥은 먹고 연습해?

"어, 먹었어. 누나도 밥 먹어."

-난 회사 사람들이랑 먹었어. 고생하고. 얼굴 좀 보자, TV 말고.

"알았어."

누나와의 전화를 끝내고 나니 식은땀이 흘렀다.

난 휴대폰을 만지작거리다 뒤돌아 연습실 쪽을 바라보았다.

'고유준한테 같이 가자고 할까?'

그럼 좀 편하게 있을 수 있지 않을까? 엄마가 고유준을 좋아하기도 하고.

가려고 마음만 먹으면 과거 부모님의 무너져 내린 표정이 떠올라 지레 겁먹는 바람에 지금까지 가지 못했다.

하지만 막상 한번 다녀오면 편해질 수도 있다.

그때와 지금은 다르니까.

대충 생각을 정리하고 다시 연습실로 돌아가려 몸을 돌렸다.

그러자 확실히 나를 보며 이곳으로 걸어오고 있는 익숙한 녀석과 눈이 마주쳤다.

"……어."

"형, 안녕하세요."

네가 왜, 여기 있니?

온세가 공손하게 인사를 하며 조용히 다가왔다.

난 당연히 물었다.

"온세야, 네가 왜 여기서 나와?"

좀 황당함과 놀라움, 반가움과 난색을 함께 표한 말투였다.

온세의 얼굴을 보자마자 머릿속에 드는 불길한 생각. 제발 그것만은 아니길 바랐다.

그러자 온세는 어색한 미소를 보이며 조곤조곤 말했다.

"어…… 미팅했어요."

염색도 했고 마스크도 썼다. 올해 열여섯 살 되는 청소년답게 마지막으로 봤을 때보다 키도 더 컸고.

지금의 모습이 과거 딱 내가 처음 온세를 봤을 때 모습과 일치했다.

이때쯤 YU에 들어가 한참 데뷔를 위해 달려야 하는 놈이 여긴 왜 와 있는 걸까?

이 빌어먹을 중소 기획사에 왜?

"너 설마……?"

묻기도 싫어서 말을 흐리자 온세가 찰떡같이 알아듣고 대답했다.

"아, 네, 뭐. 사실 맞아요. 저 이쪽으로 회사 옮길 것 같아요, 형."

"어…….."

"형이 부담스러워할까 봐 따로 말은 안 했어요. 다 끝나면 말하려고 했는데."

"아, 그렇구나."

그리고 잠시 침묵.

난 조심스럽게 물었다.

"……저기, 왜?"

어려도 한참 어린 온세의 앞에서 이렇게 동요하는 모습을 보여 주고 싶진 않았지만, 진심으로 궁금했다.

왜 그런 짓을 해서 스스로 고통받으려 하는 건지.

"네? 아, 음."

그러자 온세는 조금 당황하다 심각하게 고민하더니 이내 고개를 저었다.

"그냥요. 괜찮은 것 같아서."

최근 뉴스에 오르내리던 그 사건을, 온세는 보지 못한 것일까?

'안 돼. 얘만은 안 돼.'

난 과거 내 소중한 제자, 지금은 함께 무대에 섰던 동생에게 진심 어린 조언을 하기 위해 양손으로 온세의 손을 꽉 감쌌다.

"온세야."

"네, 형."

"그만둬."

"예?"

"더 좋은 회사는 많아. 우리 회사는……."

도망가. 이미 한번 일레이티드였던 과거의 크로노스를 망하게 한 전적이 있는 회사다.

그런 회사에 소중한 인재를 둘 순 없다.

하지만 온세는 눈빛이 흔들리다 고개를 젓고 내가 잡은 손을 조심스럽게 빼냈다.

"이것저것 생각해 보고 결정한 거라. 이미 계약했어요, 형."

"아……."

정말 통탄스러운 일이었다. 내가 진심으로 탄식하자 온세는 어쩐지 씁쓸한 얼굴을 했다.

"혹시 제가 여기 오는 게 별로라거나……."

난 바로 손사래를 치며 해명했다.

"어? 아니 난, 괜찮은데, 알잖아, 우리 회사 작은 거. 너 YU에서도 미팅했다며."

작아서 별의별 일이 다 있다.

나도 이 정도로 막장인지는 직접 데뷔해 보고서야 알았다.

대형 기획사에서 예쁘게 빛을 보던 네 모습이 내 눈앞에 선한데 이 회사에서 고생하는 게 보고 싶지 않아서 그렇다.

"더 좋은데 들어갈 수 있는데 아쉽지 않아?"

내가 묻자 그제야 온세는 미소 지으며 고개 저었다.

"전혀 안 아쉬워요, 저는. 아무튼 이제 같은 회사니까 앞으로 잘 부탁드려요."

"저번에 선생님 연습하는 거 봤어요. 앞으로 잘 부탁드립니다."

기대에 찬 눈과 좀 쑥스러워 보이는 표정, 정중히 모은 손까지. 내 얼굴을 보고 머뭇거리던 연습생들 중 가장 먼저 나에게 첫인사를 건네던 회귀 전 온세와 완전히 같았다.

데뷔한 이후로 줄곧 달라지던 미래에 오묘한 겹침을 느꼈다.

별로 좋지 않다, 이런 겹침은.

그날 밤 난 지혁 형에게 전화를 걸어 온세에 대한 이야기를 나눴다.

"형이 저번부터 온세 이야기를 자꾸 꺼내던 게 이것 때문이구나?"

─응, 맞아. 너한테 말도 안 하고 덜컥 계약할 줄은 전혀 몰랐네~.

한 아이의 인생이 지금 YMM에 맡겨지게 생겼는데 참 가볍기 그지없는 목소리다.

"왜 하필 우리 회사인지 원. 솔직히 우리 회사, 문제 많은데."

데뷔 이후는 뒤로하더라도 연습생 시절 작은 집에 연습생들을 쑤셔 넣고 스피커도 안 나오는 연습실을 제공한 곳 아니던가.

생각할수록 자꾸만 YU에서 온세가 받았던 기대와 대우가 생각나 슬퍼질 수밖에 없다.

─그러게. 우리 회사에서도 오라고 했는데 생각해 본다고 하고 연락이 없대……. 그런데 뭐 난 알 것 같기도 하고.

"뭘?"

-온세도 나름의 조건과 메리트를 따진 게 아니겠어……? 너 말이야, 너.

"나?"

지혁 형이 옅게 웃음소리를 냈다.

-온세가 너 되게 좋아하잖아. 아니, 너 말고 무대 위의 너. 춤이고 노래고 표현이고 나한테 너 대단하다고 매번 말해. 평소의 현우는 되게 불편해하면서.

"나한텐 그런 말 한 적 없는데."

-당연하지. 온세가 당사자 앞에서 그런 말 하는 성격의 애는 아니잖아.

아, 온세야……. 입안이 썼다. 처음 월말 평가를 하지 않아 F클래스로 왔을 때부터 A클래스, 데뷔조에 들 때까지 내가 전부 가르친 제자가.

물론 온세라면 어디서든 빛은 보겠지만 그래도, 더 좋은 교육 환경에서 대우받을 수 있었는데.

아쉬운 건 어쩔 수 없었다.

난 한숨을 쉬며 대화를 마무리했다.

"형, 이야기 들어 줘서 고마워. 난 이만-."

-아이, 왜 끊으려 그래? 이 형이랑 좀 더 통화하자~. 안 반가워? 전화 끊으면 할 일도 없잖아?

"아니야."

난 단호히 말하며 주한 형의 컴퓨터를 만지작거렸다.

"나 이제 게임해야 해."

－갑자기?

난 지혁 형이 보지 않음에도 고개를 끄덕이곤 말했다.

"방송 나가거든."

게임 잘한다고 게임 예능에 섭외되었으니 최소한 부끄러운 실력은 보이지 말아야지.

난 지혁 형과 통화하기 직전까지 게임 〈원아워즈〉를 깔아 캐릭터를 고르는 중이었다.

－······.

"여보세요?"

지혁 형이 말이 없었다. '뭐지? 실수로 끊기기라도 했나?' 하며 다시 입을 열 때.

－너 거기 나가? SES에서 이번에 한다던 게임 예능?

"어? 형, 알아?"

－응, 들었어. 우리 팀에도 섭외 들어왔는데 우리 쪽은 거절했다더라고, 딱히 메리트 없다고.

역시 YU답다.

지금은 하이텐션의 휴식기라 시간이 넉넉한데도 불구하고 고사했다는 건, 아쉬울 것도 없고 그런 시청률 보장도 안 되는 고정 프로보단 두 번째 해외 투어 전의 멤버 휴식을 더 중요하게 여기겠다는 뜻이겠지.

'역시 YU가 좋다니까. 그러니까 온세도 YU에 갔으면 했는데.' 하며 또 온세에 대한 생각으로 혼자 화제가 새고 있을 때.

–아하, 그래? 우리 현우 거기 나가?

"아, 느끼하게 왜 그래?"

지혁 형이 굉장히 장난스러우면서도 흥미롭고 의미심장한 웃음소리를 내기 시작했다.

난 통화가 종료된 화면을 바라보았다.

"……."

뭔가.

전화를 끊기 전 지혁 형의 웃음소리가 몹시 수상했다.

거들먹거리듯 가볍게 물어보던 지혁 형의 말을 떠올려 보았다.

–아이돌 멤버 한 명 출연 확정되었다더니 그게 너였구나? 형아도 거기 출연할까?

YU 대표가 SES 예능국장과 술친구라 언제든 출연 가능이라는, 알아봤자 쓸모없는 정보도 말해 주었다.

그렇게 말하곤 나에게 대답을 강요했었다.

물론 억지로 스케줄 늘리지 말고 쉬려면 제대로 쉬라 거절했지만.

"쓰읍……."

어쩐지 이 형, 출연진 미팅 때 만날 것 같은 예감이 든다.

그도 그렇게 지혁 형은 예능 싫다고 잘 나가지도 않으면서 연예계 신예 인싸답게 D 팀 동생들의 고정 예능에는 한 번씩 출연해 얼굴을 내비치곤 했었다.

김진욱도 한번 동반 출연한 뒤 거의 억지로, 떨떠름하게 고맙다 인사하는 걸 D 팀 단체 메신저에서 봤다.

"······."

난 이미 꺼진 화면에 픽 웃곤 휴대폰을 내려놓았다.

'뭐, 같이 출연하면 출연하는 거지.'

오히려 낯가림 심한 내 입장에선 출연해 준다면 너무 고마운 일이고.

난 대충 생각을 갈무리하고 아까부터 몸만 들썩이고 있는 컴퓨터 화면 속 캐릭터를 바라보았다.

"와, 엄청 달라졌다···."

올해로 10주년을 맞이한 MMORPG 게임 〈원아워즈〉.

10년이나 됐으니 지금 보면 좀 촌스러울까 했는데 딱히 그렇진 않았다.

물론 그래픽이나 아바타를 보면 시대감이 느껴지긴 하지만 캐릭터 선택 창만 해도 내가 마지막으로 플레이했던 10년 전, 아니 지금 기준 4~5년 전과 많이 달라져 있었다.

미래에 출시할 다른 게임과 비교하면 경쟁이 안 되긴 하지만, 직업 체험용으로 쓸 수 있는 스킬도 무척 화려해졌고 UI

도 편하게 바뀌었다.

"완전 새 게임인데."

거의 새 게임이 되어선 어디 가서 〈원아워즈〉 해 봤다고도 못할 것 같은데.

조금 불안한 마음을 품고 마음 가는 대로 근거리 딜러인 검술사 직업용 캐릭터를 선택했다.

그나마 옛날과 같은 건 직업에 따라 선택할 수 있는 캐릭터가 정해져 있는 것뿐이었다.

게임의 스토리는 이후 방송에서 천천히 설명해 줄 테니 스킵.

간단한 튜토리얼을 마치고 나오자 캐시 샵과 패치 목록, 그리고 출석 등 이벤트 창이 떴다.

"매주…… 업데이트."

업데이트도 매주 되고 있고, 한때 대놓고 돈 욕심으로 가득해 유저들의 원성을 샀던 캐시 샵 아이템도 몇 가지 헛웃음 나는 걸 제외하면 많이 사라졌다.

개발사가 여전히 게임에 애정이 있음을 분명히 보여 주는 부분이었다.

'이 게임 계속 운영되던가?'

그런 와중 혼자 허공에 검 휘두르는 기본 장비의 뉴비가 안쓰러워 보였는지 '다중복되는닉네임이래어이'라는 유저가 나에게 소매넣기(뉴비에게 기존 유저가 아이템 선물하고 도망가는 짓)를 해 왔다.

－즐원하세요~

　한마디를 끝으로 드래곤을 타고 떠나는 유저에게서 느껴지는 고인물의 향기. 그 사람은 Lv. 120이었다.

　"……어?"

　'생각해 보니 내가 플레이할 당시의 만렙은 75였는데.'

　그리고 보니 스킬(필살기) 개수도 엄청 늘어났다고 하던데.

　그럼 난 사실상 정말 뉴비나 다름없다.

　똑똑-.

　"현우, 이제 그만 자러 가. 내일 6시 기상."

　"아, 응."

　다 열리지 않은 스킬 창을 멍하니 바라보던 나는 주한 형의 말에 곧바로 게임을 껐다.

　"이놈 시키."

　주한 형이 내 등짝을 때리곤 얼른 나가라 손짓했다.

　컴백까지 이틀 남은 차에 자는 시간까지 쪼개서 게임을 보고 있는 모습이 영 못마땅한 모양이었다.

　사실 처음으로 혼자 하는 예능이라 불안해서 그랬다.

　난 얌전히 고개를 끄덕이곤 내 방으로 돌아갔다.

　제작진이 나에게 붙여 주겠다던 '출연진 중 유일한 만렙 경험자' 타이틀은 역시 빼 달라고 해야겠다 생각하며.

　그리고 시간은 흘러 어느덧 정규 1집 〈환상령〉의 쇼케이스 당일이 되었다.

날마다 갱신되는 기록에 회사 사람들의 얼굴이 폈다.

크로노스는 화려하게 컴백했고 지금까지 없을 정도로 뜨거운 관심과 반응, 성과를 이루어 내고 있었다.

어느 정도냐 하면 곧 있을 유넷 〈카운트다운〉의 이번 주 1위 후보라는 말을 듣자마자 '1위는 하겠구나.' 하고 확신할 정도로.

그러나 성공적인 시작이라고 안도하는 사람은 없었고, 특히나 크로노스 멤버들은 바짝 긴장해 있었다.

앨범의 판매량, 성공적인 컴백과는 별개로 우리의 마음가짐은 비장했다.

이 무대는 우리에게 지난 컴백 이상의 의미가 있었다.

"크로노스! 준비하세요!"

"네!"

스태프의 외침에 대답한 후 우리들은 우리끼리 커튼 앞으로 모였다.

"드디어 이날이 왔네. 그렇지?"

손을 모으며 주한 형이 말하자 윤찬이는 벌써 조금 울 것 같은 얼굴이 되었다.

지난 〈즐거울 락〉 활동이 끝난 이후 오늘에 이르기까지 너무 많은 일이 있었고, 많은 과정이 있었다.

우리의 심신도 지쳤지만 이 모든 과정을 기사로, 뉴스로, 공지로 접해야만 했던 고리들은 더더욱 지쳤을 것이다.

걱정 속에서 우리를 환영해 준 고리들에게 우린 이제 괜찮다고 알려 주는 무대.

이번 쇼케이스는 그런 의미라고 생각했다. 그래서 더욱 비장했다.

"다들 정말 고생 많았다."

"응."

"많은 일들이 있었지만 지금은 다 잊고 무대에만 집중하자. 노력한 만큼 완벽한 무대, 만들 수 있지?"

"네!"

주한 형이 우릴 둘러보며 흐뭇한 미소를 지었다. 감정을 잘 드러내지 않는 형이 굉장히 감회 깊은 얼굴을 하고 있었다.

자연스레 나를 포함한 동생들의 마음에 기합이 들어갔다.

"우리!"

"잘하자!"

"예에에!!!"

우리가 큰 소리로 구호를 외치자 이를 지켜보던 스태프들과 댄서들이 박수를 보내 주었다.

모두가 우리의 컴백 준비를 가장 가까이에서 지켜봐 온 사람들이었다.

-이제 등장할 때가 되었죠. 크로노스 여러분들, 와, 여기까지 들릴 정
도로 굉장히 힘차게 구호를 외치셨는데요. 정말 기대가 됩니다.

MC를 맡아 준 정규찬 아나운서님께서 너스레를 떨며 우
릴 소개했다.

-그럼 등장하실까요? 정규 1집 〈환상령〉으로 화려하게 컴백한 크로
노스 여러분입니다. 박수로 맞이해 주십시오.

"무대로 입장하실게요!"

정규찬 아나운서의 말에 맞춰 스태프가 한 명 한 명 우리
의 등을 무대 쪽으로 밀어 보냈다.

우린 가볍게 허리 숙여 인사하며 무대 가운데로 나아갔다.

관중석에선 박수 대신 카메라 셔터 소리와 플래시 빛으로
가득했다.

-네, 우리 크로노스 여러분들 아주 멋진 의상으로 등장하셨는데요.
우선 인사 한번 드릴까요?

우린 각자의 의자 앞에 서서 마이크를 들었다.

"하나, 둘, 셋."

"안녕하세요. 크로노스입니다. 잘 부탁드립니다."

-네. 아이고, 좋습니다. 다들 자리에 앉아 주세요.

정규찬 아나운서는 셔터 소리만 들리는 관중석에 우리가
무안하지 않도록 바로 진행을 이어 가 주었다.

멤버들은 모두 착석했고 본격적인 쇼케이스 공연 전 인터

뷰가 진행되었다.

—여러분, 다들 잘 지내셨나요? 〈비갠 뒤 어게인〉 등 방송에서는 여러분들을 줄곧 보고 있는데, 이렇게 앨범 활동으로는 참 오랜만에 뵙는 것 같습니다.

"네, 그렇습니다."

—그동안 어떻게 지내셨는지, 근황 좀 알려 주실 수 있을까요?

정규찬 아나운서의 질문에 주한 형이 대답했다.

"그동안은 아시다시피 미국에서 〈비갠 뒤 어게인〉 촬영을 마치고 왔고요. 그 이후로는 줄곧 앨범 작업에 집중했습니다. 생각해 보면 그렇게 길지는 않았어요. 약 4개월 정도?"

주한 형이 허공을 향해 눈동자를 굴리며 슬쩍 웃었다.

"그런데 그사이 이리저리 일이 있어서 굉장히 길게 느껴지네요."

멤버들은 말없이 고개를 끄덕였다.

다들 이에 대해 굉장히 할 말이 많겠지만 말할 수는 없으니 그저 입가에 미소를 지은 채 고개만 끄덕였다.

아마 다들 속이 쓰릴 것이다.

무시와 차별로 가득했던 첫 미국 스케줄에 나는 쓰러졌고 또 상태가 이상해진 데다, 컴백에 전념해도 빠듯한 때에 사생과 개인 정보 유출 사건이 터졌다.

그리고 이사도 했다.

솔직히 말하자면 대중이 생각하는 것 이상으로 마음도, 정신도, 육체적으로도 매우 힘들어서 하루가 1년처럼 느껴지는 나날이 아니었던가.

주한 형은 잔잔한 미소와 함께 이를 에둘러 표현하며 걱정한 고리들에게 사과했다.

–정말 많은 고리분들, 그리고 대중이 여러분의 컴백을 기다리고 있었는데요. 우선 축하부터 드려야 할 것 같아요.

정규찬 아나운서는 우리의 뮤직비디오 조회 수, 앨범에 대한 성과 등 칭찬할 수 있는 것들을 빠짐없이 칭찬해 주며 질문을 이어 나갔다.

앨범과 차후 일정에 대한 건 주한 형과 내가, 그 이외의 것들은 멤버들이 돌아가면서 대답했다.

세 번의 쇼케이스를 거친 멤버들인 만큼 이젠 예상치 못한 질문이 들어와도 능숙하게 대답할 줄 알았다.

–그리고 또 한 가지 주목해야 할 것이 있죠.

큐카드를 힐끔거리던 정규찬 아나운서의 시선이 나에게로 향했다. 난 반사적으로 마이크를 입에 가져가 대답할 준비를 했다.

–이번 〈환상령〉 앨범에 수록된 우리 윤찬 씨의 솔로곡에 대해서인데요.

정규찬 아나운서의 질문에 집중하던 윤찬이도 슬쩍 마이크를 들어 작게 '네.' 하고 대답했다.

–윤찬 씨의 솔로곡 〈포레스트〉를 현우 씨가 직접 작곡, 작사 하셨다고요?

"네. 그렇습니다."

윤찬이가 마이크를 내렸다. 나에게 돌아온 질문으로 판단한 모양이었다.

－저도 들어 봤는데 굉장히 상큼하고 신비로운 느낌의 곡이었습니다. 개인적으로 안무와 함께 무대에서 볼 수 있었으면 좋겠다고도 생각했습니다만.

"아, 감사합니다."

난 옅게 미소 지으며 가볍게 목례했다.

－어떤 계기로 만들어진 곡인가요?

"어…… 〈포레스트〉는요, 원래 멤버 솔로를 염두에 두고 만든 곡인데요. 처음엔 굉장히 차분하고 잔잔한 느낌의 곡이었습니다."

난 차분히 대답을 이어 나갔다.

물론 원래 이 곡이 드라마 OST 심사용이었고 윤찬이가 아닌 고유준을 위한 곡이었단 말은 절대 하지 않았다.

분명 분위기와 반응이 이상해질 테니까.

"굉장히 힐링 되는 분위기를 가지고 있어서 저희 크로노스의 대표 힐링 멤버인 윤찬이한테 주고 싶었어요."

난 다정한 눈빛으로 윤찬이를 바라보며 말했다. 윤찬이는 이제 방금 막 알았다는 듯 몹시 감동한 표정을 짓고 있었다.

좀 미안하고 머쓱한 마음이 들었지만 모르는 척했다.

"윤찬이 곡으로 앨범에 수록된다는 이야기를 들은 후로 많은 분들의 도움을 받아 지금처럼 밝고 싱그러운 곡으로 바뀌었습니다. 언젠가 정규찬 아나운서님 말씀처럼 안무와 함께 무대에서도 보고 싶네요. 넵."

나름 차분하게 대답을 잘했다고 생각한다.

정규찬 아나운서는 윤찬이에게도 짧게 소감을 물었고, 윤찬이는 그렁그렁한 얼굴로 온갖 칭찬에 주접, 겸손, 감격까지 싹 다 합쳐 대답하며 날 추켜세워 주었다.

난 그저 힘겹게 미소 지으며 그만하라 은밀히 윤찬이의 등을 두드리기만 했다.

그 외에도 얼마 전 기사가 난 캘리아 로렌스와의 콜라보 소식 일정, 이번 활동에서 주목할 만한 점, 의상과 콘셉트, 뮤직비디오, 안무 등등 지난 쇼케이스 때보다 길고 구체적인 질문과 답변이 오갔다.

정규찬 아나운서는 인터뷰를 마무리한 뒤 기대에 찬 목소리로 말했다.

-자, 그럼 이제 열심히 준비한 크로노스 여러분들의 무대를 봐야겠지요.

"네!"

우린 한껏 비장한 표정을 짓고 자리에서 일어났다.

드디어 타이틀곡 〈환상령〉과 수록곡 〈flamma〉의 무대를 선보일 때가 되었다.

블랙으로 맞춘 의상은 군데군데에 시스루처럼 피부가 보이는 모양새였다.

뮤직비디오 촬영 때도 한번 입었던 의상이지만 그때나 지금이나 이것저것 달려 있는 것이 많아 춤추기엔 꽤 불편하다.

난 암전 속에 몸을 조금 움직이며 의상을 정리한 뒤 다시 자세를 잡았고, 곧 작은 무대 양쪽에 달린 스피커에서 타이틀곡 〈환상령〉의 전주가 흘러나왔다.

조명은 조금 어두웠고 오로지 진성이에게만 스포트라이트가 떨어졌다.

반주없이 차분한 실로폰 연주로 시작되는 도입부.

센터에서 양쪽 무릎을 모두 꿇은 채 고개를 숙이고 있던 진성이가 고개를 들고 손 안무를 시작했다.

'오.'

피곤한 얼굴로 카메라 화면에만 집중하던 기자가 조용히 감탄했다.

음산한 실로폰 소리. 크로노스의 멤버들을 배경으로 한 메인 댄서 이진성의 독무.

이번엔 특이하게 무릎을 꿇고 손과 바닥을 이용한 안무를 선보였는데 연주보다 한 템포 빠른 동작이 신기하리만치 이 느린 실로폰 박자와 딱딱 맞아떨어졌다.

안무가 복잡하기도 했지만 거기에 이진성이 특유의 힘과 느낌이 실리니 그렇게 멋있을 수가 없다.

매번 독특하면서도 난이도 있는 안무를 가져오는 크로노스.

정규 1집이니만큼 단단히 칼을 갈고 온 모양이었다.

이제 고작 도입부뿐이었지만 이진성은 첫인상부터 완벽히 관객을 압도시켰다.

〈환상령〉 도입부를 맡았던 실로폰 소리는 어느 순간 플럭 사운드로 바뀌었다. 그리고 사운드 위로 악기가 하나하나 겹쳐졌다.

서서히 음악 속 감정이 고조된다 싶더니 갑자기 강하게 휘몰아치며 오케스트라 버금가는 연주가 시작되었다.

그에 맞춰 이진성으로 시작했던 안무는 이열의 서현우와 고유준, 가장 뒷열인 강주한과 박윤찬 순으로 물들어 가며 어느새 군무가 되었고, 그대로 첫 파트가 이어졌다.

몽마가 창궐해
난 이곳에 가라앉아
네가 나를 만날수록
존재가 커져 가네

서현우가 노래를 시작함과 동시에 멤버들이 움직였다.

서현우의 앞쪽에 위치하고 있던 이진성은 무릎째 슬라이딩하며 뒤로 물러섰고, 서현우는 다리 힘만으로 꿇은 무릎을 일으키며 천천히 센터로 걸어 나왔다.

무릎을 꿇고 있다 손 없이 일어나는 게 얼마나 힘든 줄 아는가. 서현우는 이 안무 덕분에 연습 내내 근육통을 달고 살았어야만 했다.

서현우는 센터에 도착하자마자 자신의 파트를 끝내고 곧바로 물러섰다. 그러자 뒤에 서 있던 고유준이 한껏 낮은 목소리로 노래하며 천천히 걸어 나왔다.

내가 사랑을 말하면
너는 숨이 막혀 온대
곁에 있고 싶어 하면
너는 삐걱거려

낮고, 어찌 보면 끈적거리고, 건방진 목소리.
고유준 자신의 무서운 인상을 백 퍼센트 활용해 게슴츠레 정색한 얼굴로 노래했다.

(웃어)
(얼른 웃어)

MR 뒤에서 들리는 숨소리 가득한 속삭임도 고유준의 것일까?

그사이 그들 뒤로 댄서들이 들어오고 멤버들이 대형을 정리했다.

　밤을 넘어선 어둠 속
　네가 날 발견하길 기다려

　댄서들이 꽃을 피우듯 팔을 움직이며 자세를 낮추고, 그 사이에서 등장한 강주한이 스포트라이트를 받으며 댄서들과 함께 춤을 췄다.

　깨어나면
　환상 속에서 춤을 추자

　강주한 인생 첫 솔로 댄스 파트였다.
　강주한은 이진성이나 서현우보단 댄서들과 함께 댄스 파트를 이끌어 나가는 테크닉이 부족한 게 보였지만 벅찬 와중에도 안무 하나 놓치지 않고 착실히 소화해 나갔다. 무엇보다 강렬한 표정이 매우 좋았다.
　강주한의 파트가 끝나자 어느 순간 강주한의 뒤에서 댄서들과 섞여 안무를 하던 서현우가 옆으로 튀어나와 강주한의 댄서들을 뺏어 가듯 함께 센터로 향했다.

　내 세상의 네가 서서히

일어난다

　서현우 특유의 표현력. 표정 연기는 이곳에서도 어김없이
발동되었다.
　깔아보듯 내려다보는 시선, 입가에 살며시 지어진 건방진
미소. 검은 셔츠에 눈가의 보석까지 더해 〈환상령〉에 너무도
잘 어울리는 모습이었다.

　이제 우리의 세상
　환상령

　후렴구 전 서현우와 댄서들의 댄스브레이크가 시작되었다.

　달은 겨울처럼 빛나고
　어둠 속에서도 네 모습은 보이니
　다른 세계의 너라도
　문제없이 사랑할 수 있으리

　다시 들려오는 오케스트라의 연주와 아코디언 소리. 서현
우의 움직임에 반응하듯 댄서들이 한 템포 늦게 움직이는 안
무, 서현우가 반지를 잔뜩 낀 양손을 허공에서 모았다 펼치
면 댄서들도 사방으로 펼쳐지듯 흩어지며 자세를 낮췄다.

서현우가 허리를 굽힌 채 머리를 부여잡으면 댄서들은 그를 잡아 뜯을 듯 모여들었다.

반쯤 정신 나간 듯한 가사를 부르는 목소리.

모든 것이 잘 짜인 뮤지컬 또는 퍼포먼스로 보였다.

"허."

다른 이들과는 다르게 나름 이들의 무대를 즐기고 있던 유넷의 기자가 작게 숨을 내쉬었다.

'언제 이렇게까지 컸냐.'

〈픽위업〉 시절부터 이들의 무대를 기사에 담던 이 기자는 크로노스의 폭발적인 성장이 놀라울 뿐이었다.

저 표정을 보라, 무대 매너를 보고 라이브의 안정됨을 보라.

누가 저들을 데뷔 1년 차 아이돌로 볼까.

YMM 그 주먹구구 회사는 예전부터 투자 대비 인재 풀이 너무 좋았다.

개인 파트부터 후렴구까지 유독 파트가 길었던 서현우가 벌스를 마무리하고 댄서들과 양옆으로 빠졌다.

그러자 곧바로 이진성의 랩이 이어졌다.

이 밤에 나는 눈을 떠

비틀거리며 벽을 더듬어

너를 찾아

사랑을 속삭인다

사랑해, 일어나

크로노스 내 또 하나의 인재 이진성.

그룹뿐만 아니라 업계를 통틀어 손에 꼽히는 댄서로 자주 언급되곤 하는 멤버다.

그러나 노래 실력은 안 좋은 편에 속해 파트도 적고 라이브도 자신없어 하는 게 티가 날 정도였는데 이번 기회에 아예 랩으로 전향해 버렸다고 들었다.

그 선택은 몹시 탁월했던 듯하다.

심장이 뛰지

이건 두려움일까 사랑일까

환상 속의 너는

사랑이라고 말해

김진욱을 좋아한다고, 존경하고 팬이라고 어디서든 말하고 다니던 이진성.

김진욱이 후배 가수이긴 해도 같은 〈픽위업〉 출신이니 존경하고 팬이고 뭐고 말하는 데 거리낌이 없었는데 아마 이번 랩 전향에도 김진욱의 영향이 상당했을 가능성이 높았다.

그래서 그런가? 이진성의 랩은 묘하게 김진욱의 랩 스타일과 닮아 있었다. 그리고 그게 퍽 듣기 좋았다.

차라리 애매한 포지션으로 노래했다 랩했다 하는 것보단 '난 래퍼예요.' 하며 파고들어 가는 것도 나쁘지 않다고 생각했다.

이진성의 뒤엔 고유준과 서현우가 댄서로 그를 받쳐 주고 있었다.

이진성의 뒤에서 춤을 추는 두 사람의 안무 난이도가 심상치 않다. 서현우야 늘 그런 포지션이었으니 그렇다 치고 '댄스는 보통' 수준을 맡고 있는 고유준이 이 팀에 합류되어 있는 건 꽤 놀라운 일이었다.

유넷의 기자는 마치 자신이 크로노스 분석가라도 된 것처럼 무대와 멤버들을 분석해 댔다.

고유준이 이 댄스 파트를 맡은 건 나머지 강주한과 박윤찬의 댄스 실력이 더 안 좋았기 때문일 가능성이 높지만 그렇다고 해도 고유준의 댄스 실력이 많이 늘었다.

아마 그룹 내 수준급 댄서가 둘이나 있기 때문이리라.

이진성의 파트가 끝나 갈 쯤 고유준이 뒤로 빠지고 서현우는 댄서들에게 붙잡혀 이진성의 곁으로 끌려나왔다.

이진성이 자신의 파트를 부르며 고개를 돌려 서현우를 바라보고 서현우도 이진성을 마주했다.

음악에 몰입해 서로 죽일 듯이 노려보던 두 사람, 이진성이 손을 들어 총구를 들이대듯 서현우의 이마에 가져다 댔다.

천천히 손을 내리자 그에 따라 서현우의 몸도 함께 내려가 무릎이 꿇렸다.

서현우는 이진성을 노려보고 있다 이진성의 제스처대로 무릎을 꿇은 뒤 눈꺼풀을 내려 시선을 아래로 했다.

난 환상 속의 너만 필요해
진짜 너를 죽여 버리지

탕!

MR에서 총소리가 들려왔다. 이진성은 타이밍 맞춰 총을 쏘는 제스처를 취했고, 서현우는 그에 맞춰 몸을 튕기며 뒤로 넘어갔다.

그리고 곧바로 박윤찬의 파트가 이어지며 2절이 시작됐다.

'박윤찬 목소리 좋고, 노래도 좋고 퍼포는 더 좋고.'

기자는 떨떠름, 피곤한 표정과는 정반대의 생각을 하며 〈환상령〉을 끝까지 감상했다.

준비 단단히 했다는 멤버들의 말만큼 지금까지 크로노스가 선보였던 어떤 무대보다 보는 맛, 듣는 맛 가득한 무대였다.

기자이니만큼 분석하듯 봤지만 만약 그가 기자가 아닌 관객이었다면 입 벌어진 줄도 모르고 감상했을 정도로.

다른 기자들도 비슷한 생각이었는지 무대를 하든 말든 카메라 속 찍히는 모습만 보던 기자들이 무대가 끝나자 작은 환호와 옹졸한 박수나마 보내 주었다.

"허억, 헉…… 감사합니다!"

크로노스는 힘들어할 시간도 없이 기자들의 눈치를 보며 인사를 하고 서둘러 무대 뒤로 향했다.

아직 하나의 무대가 더 남아 있었다.

─네, 크로노스 정규 1집 〈환상령〉의 타이틀곡 〈환상령〉 무대를 감상하셨습니다. 기대 이상의 정말 좋은 무대였는데요. 다음 곡, 앨범에 수록된 〈flamma〉의 무대도 이어서 보실 텐데 조금 기다려 주셨으면 합니다.

기자 간담회를 겸한 짧은 쇼케이스지만 〈환상령〉과 〈flamma〉의 곡 분위기가 달라도 너무 달라 의상 변경이 이루어졌다.

정규찬 아나운서가 무대의 사이드로 나와 짧은 진행을 하며 시간을 벌어 주는 동안 크로노스는 숨을 고를 시간도 없이 옷을 갈아입고 액세서리를 착용했다.

"어우……."

고유준이 버거운 숨을 몰아쉬며 눈에 보이는 박윤찬을 챙겼다.

"윤찬, 자."

"감사, 감사합니다."

박윤찬은 고유준이 건넨 물을 마시며 겨우 정신을 차렸다.

〈환상령〉만큼은 이진성보다 댄스 파트가 많았던 서현우는 거의 혼이 나간 표정으로 조용히 숨만 쉬고 있었다.

"쟤 앓는 소리도 못 내는 것 봐. 이거 안무 괜찮은 거 맞냐고~."

그 모습을 본 고유준이 시원하게 웃으며 서현우에게 수건을 건네주었다.

이제 겨우 한 곡 끝낸 상황.

"하, 수명 닳겠다⋯⋯. 수환 형, 나 죽겠는데? 수명 닳겠는데."

강주한이 쉰 소리를 내며 매니저 이수환의 옷깃을 붙잡았다.

이수환은 강주한의 곁에 앉아 등을 쓸어 주고 물을 건네주었다.

"안 죽습니다. 안 닳아요. 한 곡만 더 버티면-."

"엥, 주한 형 언제 수환 형한테 말 놨어?"

그 와중 팔팔한 이진성은 강주한과 이수환이 언제 말을 놨는지 궁금한 듯했다. 강주한은 말 시키지 말라는 듯 고개를 젓고 물을 벌컥거렸다.

쉬는 시간도 아주 잠시.

멤버들은 의상 교체가 이루어지자마자 곧바로 다시 무대로 튀어 나가야 했다.

-그럼 보시겠습니다. 크로노스 정규 1집 〈환상령〉의 수록곡 〈flamma〉입니다.

멤버들의 옷차림은 한층 가벼워졌고 색도 밝아졌다.

전체적으로 브라운 계열의 의상들.

난 〈환상령〉 때보다 느슨한 브라운 셔츠에 로브 그리고 달랑거리는 귀걸이와 엄청난 양의 팔찌와 반지를 착용한 의상.

다른 멤버들은 각자 무늬가 많은 얇은 셔츠를 입거나 스카프를 목, 허리에 차는 등 아무튼 이국적인 느낌을 많이 냈다.

특히 진성이 머리에 찬 끈이 귀여웠다.

무대 위 스크린엔 신곡 〈flamma〉에 맞도록 불꽃이 피어올랐다.

"크로노스 들어갈게요!"

"네!"

쇼케이스에 암전 같은 큰 연출은 없다.

우리가 바뀐 의상으로 공손히 손을 모은 채 입장하자 아까와 똑같이 잠시 멈췄던 플래시와 셔터음이 연속으로 들려올 뿐이었다.

플래시가 참 눈이 부셨지만 최대한 티 내지 않고 웃으며 자세를 잡았다.

곧 〈flamma〉의 전주가 흘러나왔다.

기타 플럭으로 시작하는 도입부, 트렌디한 코드가 반복해서 흘러나왔다.

센터에 있던 나는 느낌대로 리듬을 타며 편히 움직였다.

⟨flamma⟩의 묘미는 편안함, 느슨한, 여유로움이다.

입고 있는 로브가 살랑일 정도로만 웨이브를 타다 아프로 리듬의 드럼 소리가 플럭에 겹쳐졌을 때, 안무가 시작되었다.

멤버 전체의 안무라고 해도 이 또한 몸에 힘을 빼고 여유롭게 추는 사위였다.

춤의 난이도보단 느낌을 중시하는 곡이라 연습할 당시엔 나와 주한 형, 고유준이 곧잘 했고 오히려 진성이가 느낌을 살리기 힘들어했었다.

입술 사이로 흘러나오던 비웃음

목소리 아래로 작은 불꽃이 피어올랐어

Yes, I know 지금의 나는 네 뒷모습만 보고 있어

넌 가진 게 많고 난 잃을 게 없지

전체적으로 라틴풍으로 속이고 있지만 사실 아프로 리듬을 사용한 팝 장르였다.

전주에서 들리던 아프로 리듬의 드럼이 빠지고 이내 도입부에 잠깐 등장한 기타 플럭 소리만 남았다.

베이스에 신디사이저가 깔렸는데 리스너에겐 잘 들리지 않을 정도의 미미한 음이었다.

읊조리듯 툭툭, 끊어 치며 리듬 포인트를 잡아 주는 기타

소리에 맞춰 한마디씩 내뱉었다.

작은 분노가 고요히 이는 듯한 가사다. 지금은 내가 이 자리에 있지만 네가 무시하는 난 언젠가 타오를 것이라고 하는.

그리고 잠시 뮤트되었던 아프로 리듬이 다시 시작됨과 동시에 줄곧 같은 코드였던 기타음이 묘하게 바뀌어 웅웅 울리기 시작하며 곡을 천천히 고조시켰다.

그리고 후렴구로 넘어가며 기타 소리보다 비교적 작게 들렸던 드럼 소리가 터트리듯 볼륨을 높여 곡을 이끌어 갔다.

삐걱거리는 계단
시선을 받으며 여유롭게 올라서네
내가 주인공이 된 건 정말 잘된 일이야

여유롭게 움직이던 안무도 후렴구에 다다라선 군무를 갖춰 갔다.

날 위해 조용히, 은밀히 준비했어
비웃음은 이제 없어
이제 난 널 볼 수 없어

슬픈 것 같으면서도 화가 나 있고 그러면서도 시원스러운 분위기가 이어졌다.

이 곡은 멤버들 사이에서 〈환상령〉보다 인기가 좋았는데, 그만큼 굉장히 트렌디한 팝으로 호불호가 전혀 갈리지 않아 국내 팬들도, 이제 막 유입되기 시작한 외국의 팬들도 매우 좋아할 만한 곡이었다.

우린 이제 함께하지 않아
그렇게 계속 느리게 걸어, 넌
잔머리를 굴려 봐
난 빠르게 타올라
Karma, Blue flamma

나, 주한 형, 고유준, 윤찬이 순서로 센터에 서며 흘러가던 곡의 막바지쯤, 진성이가 앞으로 나섰다.

이 곡의 느낌을 유난히 살리지 못해서 잘 추는데도 불구, 유독 뒤쪽에 서 있는 때가 많았던 진성이가 앞으로 나섰다는 건 안무가 여기서부터 빠르고 힘 있어진다는 것이었다.

진성이는 랩 파트도 댄스 파트도 없이 뒷자리를 채우던 울분을 털어 내듯 마지막을 힘차게 불태웠다.

얼마나 불태웠냐 하면 진성이의 이마에 감겨 있던 주렁주렁한 끈이 춤추다 끊어져 어딘가로 날아가 버릴 정도로.

뒤에서 스타일리스트 누나가 경악하는 목소리가 들려오는 듯한 착각이 일었다.

끈은 뒤에서 추던 고유준의 배에 맞았고, 그걸 실시간으로 본 나는 웃음을 참고 곡에 맞는 표정을 유지하려 황급히 시선을 돌렸다.

고유준은 찰지게 맞은 제 배를 힐끔거리더니 가볍게 웃곤 곧바로 무대에 집중했다.

그리고 마침내 공연이 끝이 났다.

평소 우리가 했던 곡과는 다른 느낌의 곡과 무대라 공개되었을 때 어떤 반응인지 굉장히 궁금했는데, 기자님들의 반응으론 좋았는지 어땠는지 알 수 없었다.

다만 셔터를 터트리면서도 군데군데 무기력한 환호나마 보내 주는 것을 보면 나쁘지 않았던 모양이다.

"감사합니다!"

준비했던 무대들이 끝이 나고 진행에 맞춰 포토 타임까지 가지고 나니 몇 달간의 고생이 한순간에 사라지듯 쇼케이스가 끝이 났다.

허무하리만치 빨리 지나간 컴백 첫날의 일정이었다.

"와아아아아!!!!"

무대 뒤로 내려와 스태프들에게 인사하고 대기실로 들어온 우린 크로노스 팀의 컴백 축하 박수를 받으며 케이크를 나눠 먹었다.

성공적인 무대, 성공적인 성적.

들뜬 분위기에서 수환 형이 조금 더 극적인 소식을 내놓았다.

"윤찬 씨, 오디션 합격했다고 연락 왔습니다."

얼마 전 윤찬이가 봤다던 드라마 오디션의 합격 소식이었다.

"뭐? 진짜?"

"헐? 윤찬이 합격이래! 바악윤찬~."

"……어, 아와……."

윤찬이는 가뜩이나 큰 눈을 더 동그랗게 뜬 채 흔들리는 눈동자로 수환 형을 바라보았다.

곧 저 눈망울에서 금방이라도 눈물이 떨어질 것만 같았다.

멤버들은 일제히 윤찬이를 흔들어 대며 축하했고 윤찬이는 흔들리며—특히 진성이— 눈물을 떨궜다.

"윤찬이 우러?"

"울어?"

"아…… 아니, 아니요."

"울지 마, 내 새끼! 하하핳!!!"

고유준이 주한 형 흉내를 내며 윤찬이를 꽉 안아 토닥였다.

"다들 윤찬이 안아 줘."

그 위로 주한 형이, 그 위로 진성이가 차례대로 겹쳤다. 여기서 또 안아 줘 타임이냐고, 그것도 카메라 앞에서 또.

난 질색한 표정을 지었지만 역시 세뇌와 습관은 무섭다.

주한 형의 말에 나도 모르게 다가가 윤찬이를 감싸 안고 있었다.

컴백 축하 케이크는 어느새 윤찬이 합격 축하 케이크가 되었다.

그 어느 때보다 걱정 없이 즐거운 컴백 날이었다.

Chapter 13.

정규 1집 (7)

컴백 쇼케이스를 마친 뒤 숙소에서 샤워를 하고 멤버 모두 각자의 할 일을 하기 위해 흩어졌다.

주한 형은 오랜만에 늘어지게 잠이 들었고, 윤찬이와 진성이는 수환 형과 함께 밥을 먹으러 갔다.

그리고 난 고유준과 함께 회사에 들어왔다던 게이밍 컴퓨터를 확인하고 다시 차에 올랐다.

"와, 진짜 난 와엠 너무하다고 본다."

대로한 고유준을 달래며 나도 어이없어 픽 웃었다.

김 실장님은 약속대로 게이밍 컴퓨터를 사 줬다. 다만, 크로노스의 숙소로 들여 준 게 아니고 공용이다.

YMM 공용.

회사에다 떡하니 게이밍 컴퓨터를 가져다 놓고 PC방처럼 필요한 사람이 찾아와 쓸 수 있도록.

우리한테 쓰는 돈이 그렇게 아까운가 싶다가도 곧 그들에게 기대한 내가 잘못되었다고 납득했다. 하긴, 얼마 전 대출까지 받아 숙소를 옮겨 줬는데 게이밍 컴퓨터까지 넘겨주기엔 아까웠을 수도 있다.

언젠가 정산을 받게 되면 내가 고유준과 함께 쓸 컴퓨터 하나 장만하는 게 YMM에 뜯어내는 것보다 더 빠를 것 같다.

그러나 이 화제는 금방 갈무리되었다. 지금 우리에겐 공용 게이밍 컴퓨터보다 더 중요한 일정이 남아 있었기 때문이다.

"준비됐냐?"

"……하아."

삐-삐-삐-삐- 딸깍.

반사적으로 한숨을 쉬자 고유준이 주차장에서 차를 빼며 인상을 찌푸렸다.

"왜, 이 좋은 날 뭐가 문제야? 말이라도 하든가, 자식아."

"좋아. 기분 좋아, 난. 왜? 뭐가?"

내가 고개를 젓자 고유준도 한숨을 쉬며 후진, 그리고 직진했다.

언제 이렇게 능숙해졌는지 고유준의 운전 솜씨가 늘었다.

예전 같이 운전 교육받을 때 이후로는 고유준이 운전한 차를 탄 적 없었는데, 그 이후로도 친구들과 놀며 자주 운전했던 모양이다.

주차장에서 나온 고유준이 익숙하게 네비를 찍었다.

주소는 우리 집이었다. 그렇다. 오늘은 부모님을 뵈러 가기로 한 날이었다.

익숙한 주소를 보자 또 흘러나오려는 한숨을 고유준 눈치를 보며 참았다.

"너 엄마랑 싸웠어? 아니면 누나나. 왜 두 사람 다 나한테 전화해서 네 안부를 물어보냐?"

"그건 아닌데. 나도 모르겠다. 왜 너한테 전화하지?"

"이 새끼야, 전화 좀 받아~. 부모님 걱정하시잖아. 오늘 집에 가면 살갑게 잘해 드려라, 인마. 오키?"

"응, 미안."

안 그래도 고유준까지 대동하고 가는 만큼 나도 마음 단단히 먹은 상태다.

혼자 가서 가족 모두의 시선을 독차지하고 싶지는 않았기에 고유준에게 함께 가자 부탁했고, 고유준은 흔쾌히 수락했다.

"안 그래도 한번 뵙고 싶었는데 너 언제 가나 했다. 혼날 준비 해야 할걸. 누나 단단히 벼르고 계시던데."

"얼마 전에 전화로 혼났다, 안 오면 찾아온다면서. 내가 너무 잘못하긴 했어."

"그렇지, 서현우 씨? 집이 이렇게 가까운데."

더는 미룰 수 없었다. 매번 찾아간다 찾아간다 말은 그럴 듯하게 해 두며 계속 미뤄 왔던 상황에, 오늘이 아니면 컴백 일정 소화하고 예능까지 나가게 되면 더더욱 만날 수 없게 될 것이다.

바쁜 일정 속에 더 이상 미룰 수 없어 어쩌나 했더니 고유준이 함께라 얼마나 다행인지 모른다.

"……유준, 돌아가는 길에 밥 살게. 고마워."

"어오, 소름. 네가 웬일이냐? 것보다 오글거리니까 그런 말 좀 하지 마."

그래도 이십 대 중반쯤 되면 고마운 사람한테 고맙다고 할 수 있게 된다고.

난 그냥 피식 웃으며 정면을 보았다. 멀리 솟아 있는 아파트 단지의 가장 앞쪽에 보이는 곳이 우리 집이다.

안 본 지 한 7년은 된 집의 모습이 시야에 들어오자 그것도 추억이라고 스멀스멀 반가움이 피어올랐다.

쟤 좀 이상한데.

고유준은 창밖을 바라보는 서현우를 힐끔거리며 인상을 찌푸렸다.

서현우의 집에 도착하기 직전이다. 마지막 신호를 건너 단지로 들어서면 채 5분도 되지 않아 집 앞에 서게 될 텐데, 문제는 저 녀석 표정이 왜 저렇냔 말이다.

싸운 것도 아니고 가정에 불화가 있는 것도 아니다.

서현우의 집은 이따금 놀러 가는 고유준도 가족처럼 대해 줄 정도로 화목하고 다정한 집안이다.

그런데 왜? 왜 저렇게 걱정스러운 얼굴을 하는 건데?

"야, 다 왔다. 짐 챙기고 엄마한테 도착했다고 전화해."

"어."

고유준은 핸들을 돌려 주차장에 들어서며 제 의구심을 지워 버렸다.

'묻어 두자.'

고유준은 그냥 서현우에게 이는 의문 자체를 모두 묻어 두기로 한 상태다.

최근 서현우의 상태는 몹시 불안정했다.

괜히 모든 것에 의문을 품고 일일이 물어보는 건 서현우에게 전혀 도움이 되지 않을 거라고 강주한이 말했다.

'언젠가 알아서 말하겠지.', '이겨 내겠지.'라고 생각하며 오늘도 궁금함과 걱정을 억지로 지워 냈다.

"……엄마, 네. 방금, 도착했어요. 지금 올라가요. 고유준이랑 같이 왔어요."

데뷔 이후 오랫동안 찾아뵙지 못했다는 미안함 때문인지 아니면 무슨 이유가 있는 것인지 통화 중인 서현우는 굉장히 어색하고 불편해 보였다.

고유준은 또 저도 모르게 인상을 찌푸리다 픽 웃으며 차에서 내려 휴대폰을 확인했다.

　-용돈 보냈다 -주한이

정산 못 받은 서현우와 저작권 수익이 콩알만 한 고유준을 위해 강주한이 용돈을 보내왔다.
모처럼 부모님을 만나러 간 것이니 맛있는 거라도 사 드리라는 의미의 용돈일 테지.

　-감사합니다 행님. 잘 쓰겠습니다〉〈 밥먹고 인증샷 내 얼굴만 있으면 되지?ㅋㅋㅋ
　-고마우면 준아 인증샷ㄴ 올때 커피 좀 아아메 -주한이
　-ㅇㅇ

고유준은 넉살 좋게 답장을 보내 놓고 주섬주섬 짐을 챙겨 나오는 서현우를 무표정하게 바라보았다.
'모르겠다.'
서현우의 저 행동이 이해 가지는 않았지만 오늘은 일단 서현우의 편에 설 생각이었다.
적어도 지금은 자신이 가족보다 더 많은 것을 알고 서현우의 상태를 이해하고 있을 테니까.

그간 걱정시켰던 게 미안해서 저러는 거겠지.

그렇게 생각하기로 했다.

올라오는 한숨을 또 삼켰다.

크게 동요하거나 고민하거나 망설이는 모습 없이 태연히 들어가 가족들과 인사하려고 했는데 그게 쉽지 않다.

괜찮다. 나는 지금까지 중 가장 안정적이고 완벽한 모습으로 서 있으니까.

어디 아픈 곳도 없고 아파 보이는 곳도 없고.

그런데 6년 만에 제대로 마주하는 가족들을 도대체 어떤 얼굴로 봐야 하는지 감이 잡히지 않았다.

예전엔 가족들과 무슨 대화, 어떤 행동을 했었더라?

"너 뭐 하냐?"

현관문에 서서 이런저런 고민을 하고 있으니 고유준이 툭 묻고는 바로 초인종을 눌렀다.

"어어…… 그래."

순간 놀란 마음에 한 걸음 뒤로 물러나려다 가만히 섰다. 나는 이제 물러날 이유가 없다.

–왔어?

"엄마~."

고유준은 몸으로 날 밀어내고 초인종에 얼굴을 들이밀었다. 자연스럽게 난 뒤로 밀렸고, 그런고로 어머니가 문을 열고 처음으로 맞이한 사람은 내가 아닌 고유준이 되었다.

"어~ 우리 크로노스 왔어?"

"그간 잘 지내셨어요?"

나 대신 고유준이 어머니와 살가운 대화를 나눴다. 어머니는 고유준을 반갑게 맞이하며 나에겐 간단히 눈인사만 건넸다.

고유준이 연거푸 말을 걸어 댄 덕에 고유준에게 시선이 집중된 탓이었다.

난 눈을 맞추는 어머니에게 간단히 목인사를 건네고 어색하게 서 있었다.

"바쁜데 어떻게 올 생각을 했어?"

"에이, 와야죠. 데뷔하고 한번도 못 왔잖아요."

"엄마가 맛있는 거 해 놨어. 얼른 들어와. 얼른. 현우도."

어머니는 고유준의 손을 잡고 집 안으로 들어갔다. 고유준이 날 배려해 준 것인지는 모르겠지만 앞장서 준 덕분에 첫인사에 전혀 거부감이 없었다.

난 문을 닫고 집 안으로 들어섰다.

우리가 온다는 말에 뭔가 많이 준비하셨는지 음식 냄새가 집 안에 가득했다. 내 기억 속 집 그대로의 인테리어, 열린 문으로 보이는 내 방.

내 입가에 미소가 지어졌다. 기분 좋은 미소라기엔 조금

힘없이, 씁쓸함이 담긴 미소였다.

내 방으로 들어가 잘 정리된 침대에 앉아 보았다. 나 온다고 청소해 주신 건지 먼지 한 톨 없이 깨끗한 바닥과 책상.

환기시키려 열어 둔 창문으로 들어오는 저녁 바람. 괜히 울컥 올라오는 감정을 진정시켰다.

이 광경이 너무 그리웠다.

"오늘 자고 가?"

"자고 가도 돼요? 그럼 오늘 자고 내일 맛있는 거 사 드릴게요. 주한 형이 식사 대접하라고 용돈 줬어요."

"우린 괜찮은데 너희가 시간이 돼?"

"아유, 그럼요. 헤엑, 엄마, 이거 갈비찜?"

부엌에서 살가운 대화가 들렸다.

"고유준, 웃기는 놈."

예전부터 나보다 더 아들처럼 굴며 어머니 곁에 딱 붙어 살갑게 대화를 나누곤 했다.

덕분에 연습생 때까지만 해도 우리 어머니는 나보다 고유준을 더 보고 싶어 했었다.

난 픽 웃으며 침대에 몸을 뉘었다. 누나가 봤다면 외출복 차림으로 침대에 누웠다 혼을 냈겠지만 지금은 없으니 별로 신경 쓰지 않았다.

"현우 어디 갔지? 방에 있나?"

"제가 데려올까요?"

"아니 엄마가 갔다 올게. 유준이는 여기서 쉬고 있어. 요플레 꺼내 줄까? 아, 단거 안 좋아하지 참."

"어, 헐, 요플레? 제가 꺼내 먹을게요~."

안 좋아하면서 좋아하는 척은.

이제 막 스물의 고유준은 여전히 좋은 소리만 하려 애쓴다.

난 천장을 보며 한숨을 크게 내쉬고 침대에서 일어났다. 곧 어머니가 방으로 들어오실 거다.

그러고 보니 오늘 집에 와서도 얼굴 한번 제대로 못 봤네.

"현우야. 어우, 야! 외출복 입고 침대에 올라갔어?"

"아, 엄마. 아니……."

어머니는 방에 들어오자마자 침대에 앉은 날 발견하고 후다닥 달려와 일으켜 세웠다. 누나만큼이나 침대 청결에 예민한 어머니였다.

강제로 일으켜진 나는 얼떨결에 가까이서 어머니의 또렷한 눈동자를 내려다보게 되었다.

쿵.

이렇게 가까이서 얼굴을 본 게 얼마 만이던가. 심장이 내려앉는 느낌과 함께 순간 까마득히 머리가 차가워졌지만 반사적으로 입꼬리를 올라갔다.

태연한 척하려 어지간히 애쓴 모습이었다.

"죄송……해요."

살며시 시선을 피하고 한 발짝 떨어지려고 하던 찰나에.

"우리 애기. 고생했어."

나보다 작은 사람이 팔 한가득 나를 껴안는 손길.

어린아이를 달래는 것처럼 한없이 다정한 목소리로 고생했다 말했다. 등을 두드리는 손도, 품의 따스함도 너무나 오래전에 느껴 본 터라 전혀 익숙하지 않았다.

적응되지 않고 태연하지 못해서 감정이 요동쳤다.

결코 과거와 같은 슬픈 말, 슬픈 얼굴이 아니었다.

정말 말 그대로 그간의 노고, 10년간의 노력을 인정해 주는 말이었다.

난 품에 갇힌 팔을 빼내 어머니를 감싸 안았다.

아들을 자랑스러워하는 모습은 평생 볼 수 없을 줄 알았는데.

"엄마, 보고 싶었어요."

너무나 보고 싶었던, 볼 수 없었던 광경이었다.

곧 아버지와 누나가 퇴근했다.

누나는 날 보자마자 달려와 걷어찼으며 아버지는 날 빤히 바라보더니 말없이 술을 가져오셨다.

고유준은 이리저리 치이는 날 보며 소파에 앉아 처웃다가 나랑 싸웠다.

"여전하구나 아주? 작작 좀 싸워!"

누나가 소리쳐 봤자 헤드록을 건 고유준의 팔 힘은 풀리지 않았고 난 오늘도 고유준의 손등을 물었다.

"먼지 날린다니까? 방에 들어가서 싸우고 나와."

"다 큰 것들이 중학생 때랑 똑같이 놀고 그러냐. 술 한잔 씩 받아. 아버지는 너희 크면 이렇게 한잔씩 나누는 게 소원 이었다."

"그래, 그만하고 앉아. 술은 어른한테 배우는……"

누나는 고개를 저으며 휴대폰을 켜 어머니한테 보여 주었다.

"아, 엄마, 아빠, 얘네 이미 술 마시고 그래. 파랑새에 취한 영상 올라온 거 봤어."

"아아악! 서현우 손에 피난다고!"

"팔에 힘을 풀라고! 걷어차기 전에."

"어머, 남사스럽게 이런 것도 올려? 술 취한 건 올리지 마아~."

가족들은 불타나게 싸우는 나와 고유준을 앞에 두고 휴대 폰 속 만취한 나와 고유준, 주한 형의 모습을 보며 태평히 대화를 이어 나갔다.

결국 난 고유준의 엉덩이를 걷어차고 빠져나와 자리에 앉았다.

아버지는 자리에 앉은 나에게 술을 따라 주셨고 고유준의 잔도 채워 주었다.

"이제 둘 다 일어나지 말고 한잔씩 해."

가족들 모두가 아버지를 따라 술잔을 들어 올렸다.

"우리 자랑스러운 아들-."

"아우, 아빠. 아들 TV 나왔다고 너무 들뜬 거 아냐?"

"현지야. 건배사는 원래 이렇게 하는 거잖아."

"……우리 자랑스러운 아들 현우랑 또 우리 유준이."

아버지는 누나의 트집에도 꿋꿋하게 건배사를 이어 나갔다.

"한참 늦었지만 데뷔 축하하고 이제 목표를 이뤘으니까 주의해야 할 건 무엇보다도 건강."

건강……. 아버지가 눈에 힘을 주고 날 바라보았고 난 어색하게 웃으며 고개를 끄덕였다.

내 컨디션 불량, 허리 부상, 실신 등 오만 소식을 기사로 접해야 했던 가족들이니.

"건강 챙겨야 한다. 아프면 병원에 무조건 가고. 이제 데뷔했으니까 꾸준히 성장해서 최고가 되도록 노력하길 바라며, 유준이는 4년, 현우 10년. 고생 많았다. 건배!"

가족들의 잔이 부딪혔다.

다들 시원하게 원샷했고 한 동작으로 안주를 입에 넣었다.

화기애애한 대화가 한참이나 오가는 와중 어머니가 아버지와 눈빛을 교환했다. 아버지는 갑자기 헛기침을 하셨고 어머니는 누나의 옆구리를 찌르며 뭔가 눈치를 주었다.

'뭐지?'

의문스러움에 내가 먼저 입을 열려는 순간.

"야, 너 몸은 어때?"

누나가 툭 던지듯 물어 왔다.

"건강해. 괜찮아."

"……."

"아프면 병원도 바로 가고 하는데. 진짜로."

부모님도 누나도 내 말을 곧이곧대로 믿지 않고 의심스러운 눈빛을 보였다.

그런데 의심한다고 해서 뭐 어쩔 텐가, 내가 모르는 척하면 그냥 넘어갈 수밖에 없는 것을.

"진짜야? 유준아, 진짜 회사에서 너희 컨디션 관리 잘해 줘?"

"네? 뭐……."

"잘해 줘요. 매니저 형도 우리 되게 잘 챙겨 주고."

대충 얼버무리려던 고유준은 내 말에 그냥 수긍하고 고개를 끄덕여 주었다.

"맞아요. 특히 매니저 형이 되게 잘 챙겨 주지."

아플 때도 많고 다칠 때도 많고 솔직히 말하면 정신적으로 지치고 힘들 때가 더 많다.

하지만 그런 걸 가족들에게 말해서 어쩔 건가.

걱정만 끼칠 뿐인데. 그냥 멤버들끼리 이겨 내는 게 낫지.

난 이 대화가 별로 달갑지 않아 술잔을 비웠다. 그냥 화제를 전환하려는 행동이었다.

그런데 화제가 전환되기는커녕 어머니가 조용히 눈가를 쓸어 대기 시작했다.

"전화도 잘 안 되고 그런데 어디 다치고 쓰러졌다는 기사는 계속 보이고."

어머니가 울고 있었다.

울먹이는 목소리에 나도 모르게 고개를 들자 서운함과 걱정을 한없이 담고 있는 시선과 눈이 마주쳤다.

"엄마가 얼마나 걱정했는지 모르지?"

"현우 너는 정말 그러면 안 된다. 너희 엄마가 말을 안 해서 그렇지 네 걱정으로 얼마나 많이 울었는지 모르지?"

"……알아요, 걱정 많이 하신 거. 죄송해요."

아버지는 어머니와 누나에게 져 주라는 뜻인지 빈 술잔을 다시 채워 주었다.

'그러고 보니 아버지께 술 받는 것도 처음이네.'

난 괜히 다른 생각이나 하며 아버지가 따라 주신 술을 한 번에 들이켰다.

얼마나 걱정했을지 너무도 잘 알고 있었다. 그걸 보기 힘들 것 같아서 지금까지 피하고 피했다.

오늘도 이런 상황이 펼쳐질 줄 알았다. 각오하고 왔는데도 지금 당장 도망치고 싶을 정도로 답답하고 달갑지 않은 상황이었다.

그래서 그냥.

"응……."

술 취한 척했다.

"어? 서현우?"

"응…….."

"누님, 서현우 술 취했는데요?"

"어? 엥, 진짜? 벌써? 달랑 이거 먹고?"

고유준, 나이스 어시스트.

솔직히 취했던 정신도 깰 정도의 상황이라 딱히 취하진 않았지만 원래 난 이 정도 마시면 원래 정신을 잃어버린다.

그렇다고 치자.

"이게 취한 거야? 얼굴 멀쩡한데?"

누나는 도저히 믿을 수 없다는 듯 고유준에게 되물었다.

"애 원래 티 안 날걸요. 취하면 같이 취해서 잘 모르기는 한데 진성이가 서현우는 얼굴빛 하나 안 바뀌고 취한다던데요."

"하! 이 자식, 술 못하면 못한다고 말을 해야지."

"거짓말, 어떻게 달랑 세 잔 마시고 취하냐? 어이가 없어가지곤. 야, 현우 일어나, 얼른."

누나가 우리 집안 최고의 주당이던가. 누나는 차마 내 주량을 믿지 못하겠는지 발로 내 몸을 꾹꾹 눌러 댔다.

난 누나를 위해 누르는 대로 기울어 드러눕는 시늉까지 했다.

바닥에 엎어져 다치지 않도록 슬쩍 고유준 쪽으로 방향 조절까지 했다.

"부모님 말하고 있는데 잘하는 짓이다."

어느새 눈물을 그친 엄마가 말했고, 고유준이 날 일으켜

세웠다.

"얘 방에 던져두고 올게요."

"어이없어, 진짜. 대충 바닥에 던져둬. 침대엔 지가 알아서 기어 올라가겠지."

"넵, 누님."

고유준은 날 방에 데려다 놨다. 설마 진짜 바닥에 던질까. 던지면 어떻게 고통을 최소화시켜서 엎어지지?

잠시 고민했으나 다행히 고유준이 바닥이 아닌 침대에 던져 주었다.

"와, 어떻게 세 잔 먹고 취하냐. 알쓰도 이런 알쓰가 없다~."

자는 사람 알차게 놀려 먹는 것도 잊지 않았다.

그래 봤자 지는 네 잔이면서.

난 고유준이 방문을 닫자마자 눈을 떴다.

어두운 방 안에서 가족들과 고유준이 대화를 나누는 소리.

고유준이 "아빠, 엄마, 누나, 사랑해요!"라고 외치고 누나한테 걷어차이는 소리.

엄마가 또 내 걱정을 하고 아빠한테 한 소리 듣는 것까지 방 천장을 바라보며 모두 들었다.

드러눕기만 하면 자던 나였는데 오늘은 리허설에 쇼케이스에 술까지 먹어도 정신이 멀쩡했다.

정신이 멀쩡한 건지, 저 정겨운 대화 소리를 듣고 싶어서 애써 깨어 있는 건지 모르겠다.

눈을 감았다.

그렇게 한참 있자 방문이 열리고 가족들이 고유준을 방 안에 던져 넣었다.

"어후, 둘 다 알쓰야."

"알쓰가 뭔데?"

"알코올쓰레기. 술 못하는 애들보고 요즘엔 그렇게 말해."

내 몸 위로 묵직하게 사람 하나가 올라왔는데 이거 술 취한 고유준이 틀림없다.

"서현우 자냐? 자냐고오~? 모처럼 부모님댁에 왔는데 벌써 자냐?"

"멤버들 고생이 많다. 저 둘이 어디 가서 술 못 마시게 하라고 주한이한테 전해 줘야지, 원."

"서현우야, 네가 자니까 하는 말인데-."

어어, 사랑한다고 하겠지.

"×나 사랑해. 우리 멤버 다 진짜 너무 사랑해. 아, 어떻게 하지? 엄마, 아빠, 누나."

"어어, 사랑한다고 하겠지."

"진짜 너무 좋은데."

이미 거실에서 사랑 고백을 많이 하고 왔는지 누나도 나와 같이 질린 목소리로 툭 말하곤 부모님을 데리고 나가 버렸다.

난 방문이 닫히자마자 자는 척을 그만두고 일어나 달라붙은 고유준을 밀어냈다.

그러자 쿠당탕! 산만하게 침대에서 굴러떨어지며 고유준은 그대로 잠들었다.

"어후, 새끼 진짜."

오늘 같이 와 준 거 고맙다고 침대를 내주려고 했더니 바닥과 한 몸이 되어서 퍼 자고 있다.

"하아."

난 깊게 숨을 내쉬고 옷장에서 이불과 베개를 꺼내 고유준에게 덮어 주고 다시 침대에 누웠다.

이제 슬슬 늦은 밤 가족의 첫 술자리도 정리되어 가는 모양이고 나머지는 내일 치우자는 말과 함께 더 이상 아무것도 들리지 않았다.

그제야 나도 슬슬 잠이 오기 시작했다.

'이 광경도 오랜만인데.'

고유준이 우리 집에 놀러 오고 밤늦게까지 놀다 잠드는 이 광경 말이다.

한참이나 지나서 정말 다신 느낄 수 없는 상황일 줄 알았다.

유독 과거로 돌아왔음이 실감나는 밤이다.

달칵-.

스르르 눈이 감겨 갈 때, 방문이 열리고 누군가 방 안으로 들어왔다.

난 천천히 감기는 눈을 완전히 감고 자는 척했다.

누구지? 어머니? 누나는 아닐 거고……

누군가는 침대 끝에 걸터앉더니 한숨을 쉬었다. 여러모로 근심이 많은 소리가, 아버지였다.

"……."

아버지는 말없이 한숨만 연거푸 쉬고 계셨다. 눈으로 굳이 보지 않아도 아버지의 시선이 나에게 닿아 있는 건 알 것 같았다.

그리고 그 투박한 손이 내 얼굴에 닿았다. 얼굴을 덮고 있던 앞머리를 쓸어 넘기고 한참이나 한숨을 쉬며 내 머리를 쓸어 올렸다.

쓰다듬는 건지 쓸어 올리는 건지 둘 다인지 모르겠지만 다른 건 몰라도 이 손길에 걱정이 한가득 담겨 있다는 것만은 알겠다.

"자식이 아프면 아프다고 말을 해야지……."

"……."

"혼자 외로워서 어떻게 버텼어, 이놈아."

혹시라도 나를 깨울까 봐 작게 중얼거리는 조심스러운 목소리였다.

그 무뚝뚝하고 근엄한 사람이 이렇게나 아픈 목소리를 내며 날 걱정했다.

왜지? 왜일까?

속상함에 털어놓는 말이 그날의 나에게도 지금의 나에게

도 함께하는 말인 것 같아서.

아버지는 한참이나 내 머리를 쓰다듬다 방에서 나가셨다.

그제야 난 울 수 있었다.

하루 종일 곤두섰던 긴장을 내려놓고 어깨가 흔들리도록 울 수 있었다.

사실 너무 보고 싶었다.

웃는 부모님의 모습도, 다른 이유가 아닌 그저 아들이라서 걱정하는 부모님도, 빛나는 무대와 오랜 시간 함께했던 멤버들과의 별거 아닌 시간들까지 모두가 너무 그리워서 견딜 수 없었는지도 모른다.

말도 안 되는 기적을 이루고서야 겨우 소원을 이룰 수 있었다.

다음 날 오후, 우린 주한 형이 준 용돈으로 가족들과 밥을 먹고 집으로 돌아와 곧바로 숙소로 돌아갈 준비를 했다.

"윤찬이가 군것질 좋아한다고 해서 간식거리 가방에 넣어 뒀고 너희 반찬, 주한이 커피콩도 거기 맨 밑에 챙겨 놨어."

"헐, 엄마가 직접 볶은 거예요?"

고유준이 묻자 어머니가 뿌듯한 얼굴로 고개를 끄덕였다.

"당연히 엄마가 볶았지. 주한이가 좋아하는지 모르겠네.

엄마가 예전에 주한이는 카페 커피만 먹는다고 어디서 본 적 있거든."

예에전 비하인드캠에서 나왔던 말인데 그걸 알고 있을 정도면 평소 내가 나오는 건 모두 챙겨 보고 있나 보다.

어머니는 멤버 각자가 좋아할 만한 먹을 것을 챙겨 주었다.

"이건 용돈. 아껴 써라."

아버지는 나와 고유준에게 용돈을 챙겨 줬다.

"아이, 안 주셔도 괜찮은데."

고유준은 그렇게 말하며 잽싸게 용돈을 챙겨 넣었다. 장난기 가득한 표정에 무뚝뚝한 아버지가 차차를 봤을 때만큼 활짝 웃으셨다.

"나중에 정산받으면 효도해."

누나가 말했다. 우린 고개를 끄덕이고 각자 짐을 산더미처럼 챙겨 차에 올랐다.

"자주 와. 공연할 때 부르고."

"활동 열심히 하고."

"네, 가 볼게요."

"갈게요!"

난 시동을 걸고 한번 더 인사한 뒤 집을 나섰다.

생각보다 괜찮았던 집에서의 일박이 끝나고 이제 다시 활동에 집중할 때였다.

숙소로 돌아온 나는 돌아오기 무섭게 짐만 내려놓고 수환 형과 방송국으로 향했다.

SES 방송국 회의실.

"앞으로 잘 부탁드릴게요. 역할이 중요해요."

작가님의 말에 수환 형이 대답했다.

"걱정 마십시오. 낯가림이 심하다고 해도 방송은 잘하는 멤버입니다."

"당연히 걱정 안 하죠. 현우 씨 방송도 많이 챙겨 보고 섭외한 거라. 혼자서도 잘하실 거라고 생각해요."

게임 〈원아워즈〉와 함께하는 SES의 새로운 예능 방송 〈뉴비공대〉의 출연 미팅은 슬슬 마무리되어 가는 분위기다.

역시나 출연진 중엔 지혁 형이 포함되어 있었고 제작진은 나에게 '공대장'이란 막대한 역할을 맡기려 했다.

아니 공대장 역할은 이미 확정된 채 나에게 통보했다.

아무리 〈원아워즈〉 경험자라곤 해도 출연진 대부분은 리얼리티 예능 경험 다수인 연예계 대선배들이라 리드할 수 있을까 걱정이었지만 거부할 권리는 없으니 열심히 해 보겠다고만 대답했다.

난 오가는 대화를 듣고 있다 슬쩍 끼어들었다.

"저, 그런데 PD님."

제작진은 말을 멈추고 날 바라보았다. 난 조심스러운 목소리로 물었다.

"혹시 방송에서 사용하는 플레이 캐릭터, 원래 제가 쓰던 거 써도 될까요?"

"어?"

"사용한 지 좀 되긴 했는데 그래도 익숙한 걸 쓰는 게 좋지 않을까 해서요."

오래 사용 안 했지만 〈원아워즈〉 자체에서 삭제하지만 않았다면 아직 그 레벨 그대로 남아 있을 것이다.

내 말에 제작진은 화색이 되며 고개를 끄덕였다.

"플레이 캐릭터 아직 있어요? 그럼 본인 꺼 써도 되지! 우리야 좋지."

"아, 그래도 될까요? 감사합니다."

"혹시 점핑권이나 필요하면 말해요. 원래 출연진한테 지급하려고 했던 거라."

화색이 되다 못해 굉장히 반기는 것 같았다. 당연했다. 다른 출연진에 비해 재미도 없는 아이돌 출연진의 경우 뭐 하나라도 눈에 튀는 게 있는 것이 분량 만들기 쉬우니까.

어차피 이제 사용하지 않는 캐릭터라 방송에 활용해도 상관없을 듯하고, 무엇보다 〈원아워즈〉에 애정이 있는 인물로 나 자신을 부각시키기도 좋다.

예능감 넘치는 사람들 사이에서 노잼인 내가 재미로 분량을 차지하기도 쉽지 않으니 병풍이 될 바에야 차라리 게임에 대한 애정, 실력으로 분량을 쌓는 것도 나쁘지 않다고 생각했다.

"네, 그럼 미팅은 여기까지 하고요. 첫 촬영은 개별로 게임에 익숙해지는 것부터 들어갈 거고 단체 촬영은 다음 달부터."

"네. 알겠습니다."

"지혁 씨 있으니 그나마 편하게 하겠네. 단체 촬영 전에 단체 미팅도 잡을 거니까 그때 출연진이랑 이야기도 좀 나누고 해요."

"네! 감사합니다!"

미팅이 끝나고 연습실로 향하는 차 안, 수환 형이 나지막이 말했다.

"……며칠만 기다려 주십시오."

"뭘를요?"

"숙소에 컴퓨터 하나 들어갈 겁니다."

"……."

컴퓨터는 회사로 들어간다고 하지 않았던가. 이해하지 못해서 한참 생각하던 나는 뒤늦게 놀라 큰 소리로 말했다.

"형, 설마 컴퓨터 샀어요?"

사비로? 진짜?

그러자 수환 형은 부정하지 않고 답했다.

"주한 씨랑요."

"형, 이렇게까지…….."

"여러분들이 빨리 정산을 받아야 사고 싶은 것도 사고 할 텐데요. 정산도 조만간 받을 수 있을 겁니다. 성과가 워낙 좋아서."

수환 형도 이번 YMM 컴퓨터 건은 차마 부끄러워서 넘길 수 없었던 모양이다.

"……형아라고 불러도 돼요?"

난 고마움을 담아 장난스레 말하고 웃었다. 그러자 수환 형도 백미러로 나를 보며 살짝 미소 지었다.

"죄송합니다. 회사가…….."

"아이 뭐, 저희가 더 잘되면 대우도 좋아지겠죠."

매번 그랬던 것처럼.

"…….."

수환 형은 회사 안 차리나. 보통 수환 형처럼 실장급 매니저들이 인맥 쌓고 회사 차린다던데.

계약 기간이 6년이나 남은 주제에 괜히 생각해 보며 창밖을 구경하는 사이 어느새 차는 연습실에 도착했다.

첫 음악 방송 사녹을 앞둔 유넷 〈카운트다운〉 대기실.

"걱정 마. 너희 무조건 1위야."

김 실장님의 호언장담하는 말에 수환 형이 인상을 찌푸렸다.

"실장님, 목소리 조금 낮추시는 게……."

그러자 김 실장님이 도리어 수환 형에게 짜증을 부렸다.

"이 정도 가지곤 안 들려요."

수환 형은 한숨을 쉬며 태성 매니저님에게 눈치를 보냈고, 태성 매니저님은 묵묵히 고개를 끄덕인 뒤 김 실장님을 몸으로 밀며 대기실을 나섰다.

"담배 한 대 피우러 가시죠. 실장님."

"어어, 태성 씨도 담배 피워? 피우는 거 못 봤는데."

"안 피웁니다."

"근데 왜?"

"여쭐 것이 있습니다. 안 하던 일이라 고충이 많습니다."

표정 하나 없는 태성 매니저님의 말에도 실장님은 자신에게 조언받겠다는 신입 직원의 행동이 기분 좋은지 실실 웃음을 흘리며 함께 대기실을 나섰다.

"……대단한걸."

주한 형이 작게 중얼거리며 픽 바람 빠지게 웃었다.

새로 온 태성 매니저님은 수환 형과 매우 많은 의논을 나눴는지 굉장히 능숙하게 손발을 맞춰 가고 있었다.

고유준이 깔깔 웃으며 매니저 형을 향해 엄지를 추켜들었다.

"현우 끝. 머리 안 망가지게 조심해."

"네, 감사합니다."

"잠시 메이크업 사진만 좀 찍을게."

여전히 시끄러운 대기실 상황에도 꿋꿋이 메이크업을 해주던 누나가 간단히 내 얼굴 사진을 찍고 떨어져 졸고 있는 진성이에게로 향했다.

"누가 와서 진성이 얼굴 고정 좀 시켜 주라."

난 거울을 보며 고개를 이리저리 돌려 보았다.

의상만 달라졌지 메이크업은 완전 눈 밑에 붙은 보석까지 뮤직비디오 촬영 때 그대로다.

멤버들 중 유독 화려한 액세서리나 메이크업을 많이 받는 편이라 오늘도 얼굴 쪽이 굉장히 무겁다.

예를 들어 검은 머리 구석구석 한 가닥씩 붙여 둔 반짝이라든가 눈 밑 보석, 무거워 죽겠는 귀걸이라든가.

아니, 〈환상령〉은 유독.

춤 출 때 신경 쓰일 거라고 불만을 말했더니 스타일리스트 누나에게서 견디라는 단호한 말이 돌아왔다.

첫 방송이니 기합이 들어간 건 당연하겠지만.

거기다 오늘 의상이 불편한 건 나뿐만이 아니다.

"춤출 때 계속 입에 들어간다? 나 계속 에튀튀거렸다고."

"맞아. 형 에튀튀거리는 거 인이어로 들려서 웃음 참는다고 죽는 줄 알았어."

"풉."

저쪽 비하인드 카메라 앞에서 말하는 고유준과 이진성의 대화에 나도 모르게 웃음을 터트렸다.

고유준은 오늘 얼굴에 실로 된 페이스 체인을 착용했다.

리허설 내내 착용한 채 춤추다 자꾸 입에 들어가는 바람에 리허설 하는 동안 '에뷔퉤!' 소리가 인이어로 자꾸 들어와 멤버 모두 이 악물고 웃음을 참아야 했다.

똑똑.

"크로노스 이동하실게요!"

"네!"

각자의 자리에서 편히 앉아 있던 멤버들이 벌떡 일어났다.

생방송 무대가 아니라서 긴장은 덜했다. 멤버들의 얼굴에 긴장보다는 여전히 싱글벙글 생기가 돌았다.

첫 음방이라는 데서 긴장하기보단 고리들과 만난다는 사실에 즐거운 모양이었다.

무대 뒤에서 마이크를 받고 간단한 설명을 듣는 동안 우릴 기다리고 있는 고리들의 웅성임이 들려왔다.

이제 곧 고리들 앞에서 처음 제대로 된 무대를 선보일 수 있을 테지.

"다들 모여."

주한 형이 멤버들을 한곳으로 끌어모았다.

"다들 고리들 앞에서 리허설까지 했다고 긴장 풀고 있는 건 아니지?"

고리들 앞에서 리허설했다고 한껏 풀어졌던 진성이가 주한 형 몰래 은근슬쩍 몸을 긴장시켰다.

"지금부터 하는 무대들은 방송으로도 나갈 거고 고리들에게도 처음 보이는 제대로 된 무대야. 실수 없이, 평소처럼 하자."

"네!"

"유준이는 페이스 체인이 입에 안 들어가도록 조심하고. 현우는 옷이랑 액세서리 신경 써야 할 것 같고, 진성이는 전주 박자 빠른 거 네가 스스로 느꼈다고 했으니까 알아서 잘 맞추리라 생각한다. 윤찬이는 힘든 표정 티 안 나게. 알지?"

주한 형은 멤버들에게 일일이 주의해야 할 것을 알려 주고 가장 위에 올라간 윤찬이 손 위로 손을 올렸다.

"우리!"

"잘하자!"

우리들의 목소리는 무대 밖으로도 흘러가 고리들에게 들린 모양이다. 벌써 환호성이 들려왔고, 제작진이 암막 커튼을 열어 주었다.

"크로노스 입장합니다!"

한 명씩 나란히 무대 위로 올라가며 손을 흔들었다.

"여러분, 오래 기다렸어요?"

"좋은 아침!"

"여러분, 저희 옷 갈아입었어요!"

멤버들이 말하자 관객석에서 대답하듯 함성이 들려왔다.

그렇다. 리허설까지만 해도 새벽이었는데 벌써 아침이 되었다.

새벽같이 와서 리허설부터 지켜보던 팬분들이라 지쳤을 텐데 여전히 처음과 같은 활기참을 보여 주니 너무 고마울 뿐이다.

"안 피곤해요? 오늘 너무 일찍 일어났죠."

주한 형의 물음에 '아니요!!!!'라는 목소리들이 들려왔다. 난 함성에 가까운 대답에 씨익 미소 짓곤 양손을 펼친 채 제자리에서 한 바퀴 돌았다.

의상 때문인지 얼굴에 잔뜩 붙은 보석 때문인지 유독 많은 시선이 쏠리고 있음을 느꼈기 때문이다.

의상 보시라고 한 바퀴 더 돌았다.

"서현우 잔망 떠는 것 봐. 어우, 야."

고유준이 질색하며 자기도 똑같이 한 바퀴 돌고 그러다 에 퉤웨퉤, 입속에 들어간 은색 실 체인을 뱉어 냈다.

틈틈이 웃음도 주고 대화도 하며 잠시 시간을 보내니 스피커를 통해 감독님의 굉장히 피곤하고 무기력한 목소리가 들려왔다.

"크로노스 녹화, 시작하겠습니다."

우린 고리들과 시선을 교환하곤 자세를 잡았다. 또 한번 일었던 함성이 순식간에 잦아들었다. 그 갑작스러운 고요함에 긴장이 들었다.

그리고 곧 〈환상령〉의 전주가 울려 퍼졌다.

〈픽위업〉 출신 그룹들 하이텐션, 스트릿센터, 크로노스는 일명 유넷에서 키운 그룹으로 불리는 경우가 많았고 유넷도 이 세 그룹의 컴백엔 유독 신경 써 주곤 했다.

하이텐션과 스트릿센터는 컴백쇼를 받아 갔다고 했는데 우린 순서에서 밀린 모양이라 다음 컴백쯤 대형 소속사 그룹인 저 두 그룹과 또 컴백이 겹치지 않는다면 우리가 받을 것이다.

저번엔 하이텐션과, 이번엔 스트릿센터와 시기가 겹친 탓에 받지 못했다고 한다.

아무튼 그런고로 컴백쇼는 못 받았지만 그만큼 유넷에서 〈카운트다운〉 컴백 첫 무대엔 굉장히 신경을 많이 써 줬다.

두 곡 다 굉장히 연출을 잘해 주었고—물론 세트장 비용은 YMM이 냈다— 컴백 스토리에 인터뷰, 무대 인트로 구간 삽입, 심지어 첫방 전 뮤직비디오와 티저 등을 이용해 예고편까지 만들어 주었다.

자고로 굉장히 신경을 쓴 무대는 완성되기까지 상당히 오랜 시간, 오랜 공을 들여야 한다.

그래서 우린 쉴 틈이 없었다.

첫방 전부터 〈환상령〉 무대 전 삽입될 인트로를 촬영했었고 컴백 당일 몇 시간 동안 리허설 및 〈환상령〉 녹화를 마치고 휴식할 시간도 없이 메이크업, 헤어, 의상 싹 다 고치고 〈flamma〉 녹화.

녹화가 끝난 뒤엔 방송국 PD님, MC분들과 만나서 인터뷰와 간단한 진행 연습, 컴백 스토리 영상 확인.

이후 간단히 식사하고 씻고 또 메이크업, 헤어, 의상 싹 다 바꿔 〈환상령〉 때의 모습으로 돌아왔다.

이제 겨우 오후 3시인데 체감으론 벌써 잘 시간을 훌쩍 넘긴 것 같은 나른함이 있었다.

씻었고, 밥 먹었고, 열심히 일했으니 잠이 올 만한 일은 죄다 했지 않은가.

생방송 직전인데 갑자기 잠이 오기 시작해서 일부러 일어나 걷고 있으니 아니나 다를까 고유준이 쑥 들어와 어깨동무를 하고 대기실 밖으로 날 이끌었다.

"뭐야, 어디 가는데?"

"음료수 사러. 자판기로 갑니다. 내가 쏜다."

"태성 매니저님은?"

"주한 형이랑 커피 사러 간다고 하고 수환 매니저님은 윤찬이랑 같이 진성이 잠 깨우고 있음. 흑흑 같이 갈 사람이 너밖에 없음."

고유준은 인싸답게 혼자선 자판기 음료 사러도 가기 싫다고 했다. 좀 어이없었지만 이프로를 사 준다길래 잠자코 고유준을 따랐다.

고유준은 내가 스스로 자판기 방향으로 걷기 시작하고서야 어깨동무한 팔을 내렸다.

"나 아까 전에 수환 형이 말하는 거 들었는데."

"뭘?"

고유준이 대기실을 엄지로 가리키며 말했다.

"윤찬이 솔로곡 영상 제작한다는 거 같더라."

"아."

윤찬이 솔로곡이면 〈포레스트〉를 말하는 건데, 얼마 전 음원 차트인에 무난히 성공, 다른 곡들과 함께 꽤 높은 순위까지 올라갔다고 들었다.

스밍리스트에 포함되었기도 하고 윤찬이가 워낙 잘 살려서 이룰 수 있었던, 값어치 있는 성과였다. 성적이 나왔으니 YMM에서도 무언가 해 주려 준비 중인 모양이다.

"영상 제작이면 뮤비?"

"그건 아닐걸. 자세히는 못들었는데 스페셜 클립 같은 거아닐까, 예전에 세연 선배님 찍으신 것처럼."

"아아, 오오."

예전 알뤼르의 세연 형이 처음으로 회사 차원 솔로곡을 발매했을 때 공식 너튜브 채널에 업로드된 동영상이 있었다.

좋은 카메라에 좋은 연출, 라이브는 아니지만 의상과 안무까지 제대로 갖춰서 찍었던 스페셜 퍼포먼스 영상.

굉장히 반응이 좋았는데 이번에 윤찬이도 그런 걸 촬영하려나.

무엇이든 팬 미팅이나 콘서트 예정이 없는 상태에서 곡을 제대로 보여 줄 수 있는 기회가 생겼으니 윤찬이에게도, 곡을 만든 나에게도 무척 기쁜 일이다.

"형님, 이프로 사 주세요."

"……와, 이젠 뭐. 별 감흥도 없이 말하는 것 봐라."

고유준은 지가 시켜 놓고 시키는 대로 말하자 툴툴거리며 자판기 이프로 버튼을 눌렀다.

난 어깨를 으쓱이며 이프로 캔을 꺼냈고, 고유준은 캔 커피를 선택했다.

"주한 형, 최근에 진성이 솔로곡 만들기 시작했더라."

"벌써?"

고유준이 고개를 끄덕였다.

윤찬이의 솔로곡은 내가 만들게 되었으니 바로 진성이 곡 제작에 들어간 듯했다.

주한 형이야 최근 작곡에 취미를 들인 이후 줄곧 무언가를 만들고 있었고 진성이가 솔로곡 받고 싶다고 조르는 중이라 곧 만들 거라곤 생각하고 있었다.

별로 놀라운 소식은 아니라고 가볍게 넘기려 했는데 고유준이 갑자기 씨익 웃었다.

"뭐냐? 왜."

난 반사적으로 인상을 찌푸렸다. 저 웃음은 뭔가 또 장난 치고 싶을 때 나오는 표정이었다.

"야, 잠만 이리 와 봐."

고유준이 도로 대기실로 돌아가려는 내 팔을 붙잡아 자판 기 옆 의자로 끌어앉혔다.

"뭐, 왜?"

"너 곡 만들 줄 알고, 나 가사 적을 줄 알고. 응?"

"응."

"주한 형 아직 본인 솔로곡은 안 만들었고. 어?"

무슨 말 할지 알 것 같은걸.

내가 대답이 없어도 고유준은 꿋꿋이 자신의 의견을 말했다.

"주한 형 본인 솔로곡은 영원히 안 만들 것 같지 않냐?"

"그렇……겠지?"

하긴, 주한 형은 그냥 선물 차원에서 멤버들에게 한 곡씩 넘기는 것 같고, 저작권료를 사랑하는 편이라 본인 솔로곡 만들 시간에 우리 앨범 수록곡을 만들 사람이니까.

'솔로곡 들을 거면 유준이나 네 꺼를 듣지 내 꺼를 왜 듣냐?'

거기다 본인 노래 실력이 무난 of 무난인 걸 너무 객관적 으로 잘 파악하는 사람이라 잘 안 팔릴 자신의 솔로곡에 시 간 버리기 싫다는 식으로 말한 적 있기도 하다.

고리의 마음을 누구보다 잘 알고 있으면서 본인에 대한 고리들의 애정엔 둔감한 우리 리더 형이다.

고유준은 내가 자신의 말에 동의하자 방긋방긋 기분 나쁘게 실실거리며 속닥거렸다.

"우리가 만들자. 주한 형한테 선물 고?"

"진짜? 진심으로?"

장난 아니고 진심으로 진행할 생각 있냐고 되묻자 고유준은 눈썹까지 까딱거리며 고개를 끄덕였다.

"예스. 마이, 헐트 이즈 진심 오브 더 포 주한."

미국까지 다녀와 놓고 말도 안 되는 영어까지 구사하며 자신의 진심을 표현하니 더욱 믿음이 안 가는 스물의 고유준 어린이…….

내가 영 못미더운 표정을 보이자 고유준이 더 씨익 웃으며 말했다.

"나 진짜로 예전부터 생각했어. 다섯 명 다 한 곡씩은 나와야지. 앨범엔 안 들어가더라도. 너처럼 디지털로만 발매되더라도."

"으음."

"나 이미 곡 제목도 정했는데?"

……애 생각보다 진심인가 보네.

일단 들어 보자는 마음으로 고유준을 쳐다보자 고유준이 또 특유의 미소를 지으며 말했다.

"〈강주한〉이다."

개소리를, 어이없어.

내가 어디서 농담을 하냐는 의미로 시선을 돌리자 고유준이 빠르게 말했다.

"아니 진짜로. 주한 형 귀엽고 웃긴 거 좋아하잖아. 트로트도 잘 부름, 내가 그거 듣고 신나서 춤추다가 변기 부순 거 기억 안 나냐?"

어이없어.

"……트로트 만들자고?"

"그건 아닌데 약간 코믹한 컨셉인 거지, 약간. 아냐, 서현우 너는 진지하게 곡 만들어. 가사는 어차피 내가 쓰니까."

뭘 다섯 명 다 한 곡씩 솔로가 있었으면 좋겠고 우리가 선물하자야.

그냥 고유준은 동생들의 선물이란 이름으로 재능 낭비 정도의 장난을 치고 싶었던 것뿐이었다.

근데 더 짜증 나는 건 재밌을 것 같다는 거였다.

이 곡을 〈강주한〉이란 제목으로 냈을 때. 진지한 곡과 그렇지 못한 가사로 어디서든 공개되었을 때—아마 정식 발매는 되지 못하고 팬카페 공개로 그칠 퀄리티일 것이다— 고리들의 반응이 재밌을 것 같았다.

진짜 어이없어, 근데 재밌을 것 같아.

"가사 이미 생각해 뒀다. '언제나 부드럽게 웃고 있지, 싱그러운 미소 속 그댄 오히려 벽을 느낄 거야. 그래, 널 내 앞에 둔 이유 저스트 비즈니스 마인드, 난 돈을 사랑하거든.'"

"······."

"워우워어 나아안, 미래의 저작권 king, 성장을 위한 발돋음을 위해 기꺼이 동물잠옷도 입어어······."

고유준은 자신이 대충 만든 멜로디에 가사를 붙여 읊조렸다. 절절한 발라드에 저게 뭔가 싶은 가사라니.

"허."

절대 발매 못 하겠다, 절대로.

근데 팬카페에 발매하기엔 괜찮은 장난인 것 같았다.

난 어쩔 수 없는 유혹에 혹해 결국 고개를 끄덕였다.

"오늘 밤에 만들자."

가사든 뭐든······ 상태를 보아하니 오늘 밤 단 30분 만지작거리면 나올 작품 같았다.

우린 가벼운 장난 계획을 마무리하고 대기실로 들어갔다.

그렇게 또 몇 시간 대기, 곧 〈카운트다운〉 방송이 시작되었다.

데뷔 이후, 아니 데뷔하기 전부터 있는 힘껏 달려왔다.

중소 기획사의 서러움도 느꼈고 그 와중 생각도 못한 성과를 내며 빠르게 성장하기도 했다.

그러나 지난 〈즐거울 락〉까지만 해도 인기 그룹, 팬들이나 커뮤니티에선 소위 1군 그룹 정도로 불려도 '슈퍼 루키' 정도의 수식어만 붙었었다.

국내 인기에 비해 해외 인기가 매우 지지부진했고 해외에선 그나마 댄스 챌린지로 겨우 이름만 알리고 정말 입소문만 열심히 타서 조금씩 반응이 올라오는 중이었으니 딱히 가요계에 큰 획을 그었다는 느낌의 그룹은 아니었다.

물론 1년 차, 횟수로 2년 차에 벌써 해외 투어를 돌고 있는 하이텐션이 대단한 거긴 하지만…….

그런데.

―드디어 이분들이 돌아왔습니다! K-POP 새로운 한류의 중심! K-POP 대세!

―컴백! 크! 로! 노! 스!

―와아아아!

두 명의 MC들이 고리봉을 흔들며 우리의 컴백을 소개하고 있었다.

―국내외 할 것 없이 많은 팬분들을 매료시킨 우리 크로노스 여러분들이 정규 1집 〈환상령〉으로 컴백했습니다!

―크로노스분들의 대단한 무대를 저희 〈카운트다운〉에서 처음으로 선보일 수 있다니! 정말 영광이에요. 심장이 바운스! 바운스~하네요 정말~.

―심장이 바운스! 바운스! K-POP대세 크로노스 여러분들의 무대는 잠시 후 보실 수 있으니 잠시만 기다려 주세요! 자, 그럼 다음 무대는 어

떤 분들이 준비하고 계시죠?

MC들은 자연스럽게 우리의 컴백을 예고하고 다음 무대 출연자들을 소개했다.

그렇다.

〈즐거울 락〉까지만 해도 이름 좀 알린 유명 아이돌이었던 우리는 촬영차 미국 한번 갔다 오고 나니 K-POP 대세로 불리고 있었다.

의외로 그룹에 대한 이미지가 바뀌는 건 순식간이었다.

단순히 〈비갠 뒤 어게인〉 촬영이었지만 그로 인해 캘리아 로렌스와 만남을 가졌다고 대대적으로 기사 한번.

캘리아 로렌스가 본인 SNS에 우리 칭찬을 기가 막히게 자주 한다고 또 한번.

캘리아 로렌스와 협업하게 되었다고.

외신에서 캘리아 로렌스와 협업하게 된 그룹을 소개하는 영상을 와전해서 '외신들이 크로노스를 집중 보도하기 시작했다!'라고—집중 보도는 딱 한 번 진짜 있긴 했다—.

직캠 영상이 화제가 되어서.

직캠 영상 중 페스티벌 영상이 진짜 역대급으로 화제가 되어서.

뮤비 조회 수가 기록을 세워서 등등……

이리저리 어쩌다 보니 기사가 미친 듯이 나가기 시작했고 또 YMM이 이런 쪽으로 노를 굉장히 잘 젓는지라 눈 깜빡할

사이 한류를 주도하는 그런 그룹이 되어있었다.

심지어 해외 투어 한번 안 해 본 우리가.

특히 김 실장님은 우리 몸값이 올랐다며 많이 좋아하셨다.

좋은 쪽으로 기사가 많이 나가면 이렇게 되는 건가, 살짝 속 빈 강정 같긴 하지만 그거야 빈 속은 빠르게 채워지며 과장은 진짜가 되어 가고 있으니 이런 상황이 나쁘진 않았다.

"크로노스 이동하실게요!"

난 TV 속 또 한번 나오는 크로노스 컴백 예고 영상에 웃고 일어나 무대로 향했다.

〈카운트다운〉 컴백 무대.

크로노스는 당연하게도 1위를 거머쥐었다.

고리들이 함성을 지르며 기뻐했고 사방에서 꽃가루가 터져 나왔다.

멤버들은 깜짝 놀라면서도 활짝 웃으며 1위를 기뻐했고 울보 박윤찬과 이진성은 눈물지었다.

-크로노스 축하드립니다! 1위 소감 부탁드릴게요!

MC의 말에 강주한이 마이크를 잡았다. 늘 막힘없이 소감을 말하던 강주한인데 어째서인지 오늘은 소감을 말하기 전에 조금 머뭇거렸다.

그는 고리들을 향해 미안한 표정을 짓고 있었다.

"어, 1위 정말 너무 감사드립니다. 감사할 분들이 너무 많은데 일일이 말씀드리지 못해 죄송하고요. 멤버들 정말 고생 많았고 무엇보다 우리 고리들."

"꺄아아아악!!!!!"

"정말, 고생 많았습니다. 기다리느라, 지켜보느라 지치고 힘들었던 거 저희 멤버 모두 너무 잘 알고 있습니다. 저희가 앞으로 더 잘할게요. 정말 감사합니다. 사랑합니다!"

―네! 소감 감사드리고요! 크로노스분들은 앵콜 준비 부탁드립니다. 언제나 음악과 함께하는 〈카운트다운〉 다음 이 시간에 찾아오도록 하겠습니다! 감사합니다!

MC의 마무리 인사와 함께 앙코르가 시작되었다.

미국행, 그간의 사건 사고들까지 참 많은 일을 겪은 후 처음으로 거머쥔 성과이기에 크로노스에게도 고리들에게도 너무도 특별하고 감격적인 1위였다.

[크로노스][HOT]카운트다운 사녹 늦은 후기

드디어 우리 애들 컴백했습니다ㅠㅠㅠㅠㅠ
크로노스 컴백과 동시에 1위 너무 축하해ㅠㅠㅠㅠㅠㅠ!!!!

다들 이미 방송 보셨겠지만……그래도 글로 남기고자 그날○ 있었던 일을 말해 봅니다.

사녹 당일, 새벽같이 일어나 택시 타고 방송국으로 향했습니다.

카운트다운은 처음가봤는데 생각보다 무대가 너무 가까워서 놀랐고……꽤 컸어요

(번호표 사진.jpg)

전 110번대

우리 애들 뒤에 스트릿센터 녹화가 있어서 고리들이랑 앞뒤로 섞여있었어요

근데 고리들이나 스트릿센터팬들이나 번호고뭐고 질서 안지켜서 떠밀리고 다들 예민해지고 막……(제발 질서 좀 지키자……ㅜ)

아무튼 현장 정리 되고 좀 기다리니 애들 수줍게 인사하며 무대로 올라왔습니다

보는 순간 농담 아니고 현실로 숨이 턱 멎었음……무슨 드라마 속 한 장면처럼 머리가 새하얘지면서 입 떡 벌리고 고리봉 달랑 든 채 한참이나 굳어 있었습니다ㅜ아니 다들 어떻게 바로 소리지르고 하는 거지……? 애들 비주얼이요……다들 방송 보셨겠지만 그걸 실물로 보는 그 느낌이요…….

되게 성스럽고……야한데……약간 화려한데……또 금욕적이고……지금껏 느꼈던 풋풋하고 귀여운 분위기가 싹 사라지고 굉장히 어른스럽고……섹시하고……

결론=헤메코 역대급

이때쯤 주변에서 '와……진짜……와……' 고리들 이런 소릭ㅋㅋㅋㅋ ㅋㅋㅋㅋㅋㅋ

특히 현우랑 유준이가 유독 화려하게 꾸며서 눈에 잘 들어왔는데 유준이는 좀 화려한 페이스체인 달고 있었고요 현우는 뮤비때처럼 눈 밑에 보석 달고 있었어욤

(주한이 손톱에 검은? 메니큐어 발랐는데 방송에선 잘 안보이더라고요)

다들 의상 갖춰 입기는 했는데 리허설이라 조금 덜 한? 재킷 벗고 나오거나 악세사리 빼고 나오거나 그랬어요

리허설 2번 정도 했는데 상대적으로 진성이랑 유준이가 뭔가 안맞았던 건지 제작진들이랑 계속 대화 나누더라고요

근데 그러다 고리들이랑 눈 마주치면 다들 말 그대로 해맑게 사르르 웃으면서 손 흔들어 주는데 다들 넘어가고 장난 아니었음.

다른 멤버들은 돌아가면서 다들 팬들 밥 먹었냐, 안 피곤하냐 물어보고 뮤비 봤냐고 하다가 고리들이 너무 주접떠니까 쑥스러워하곡ㅋㅋㅋ ㅋㅋㅋㅋㅋㅋㅋ

(하필 고리랑 대화 나누는 멤=현우,윤찬=크로노스의 소문난 낯가리 머들ㅋㅋㅋㅋㅋㅋㅋ)

다들 리허설 하는 와중에 계속 피식피식 웃길래(특히 현우) 무슨 일인가 했더니 리허설 끝나자마자 진성이랑 현우 자지러지면서 말하길

"ㅋㅋㅋㅋㅋㅋㅋㅋㅋㅋ고유준 자꾸 웨퉵퉵거려요"

ㅋㅋㅋㅋㅋㅋㅋㅋㅋㅋㅋㅋㅋㅋㅋㅋㅋㅋㅋㅋㅋㅋ

페이스체인이 자꾸 입에 들어가가지고 에퉵퉵하는 소리가 멤버 모두

의 인이어에 흘러들어갔다곸ㅋㅋㅋㅋㅋㅋㅋㅋㅋㅋㅋㅋㅋ

전 현우가 저렇게 웃는거 처음봤음ㅋㅋㅋㅋㅋㅋㅋ인이어로 들어오
는 소리가 어지간히 웃기고 민망했대욬ㅋㅋㅋㅋㅋ

암튼 그리고 두번째 리허설도 끝이 났습니다

방송에선 애들 얼굴 위주로 찍어 줬던데 빨리 풀캠 나왔으면 좋겠어요

환상령은 진짜 역대급인게 보컬도 그렇지만 안무가 너무 예쁘고 쫄깃함

즐거울락과 비교하면 아크로바틱은 없지만 군무는 퍼레이드보다 더
한 난이도 같아요

그리고 본녹화 들어가는데 잠깐 무대에서 내려간 애들이 좀 더 더 화
려해져서 나옵니다요……재킷 안입었던 애들은 입고 나오고 아까 착용
안했던 악세사리 차고 나오고

전 여기서 한번 더 죽을 수밖에 없었죠

왜냐하면 진짜 너무 예뻤거든요……

현우가(셋째차차 최애임)…현우가……말 그대로 풀세팅..아니 원래도
풀세팅이긴 한데 큼지막하고 화려한 귀걸이 보석 반지에 눈밑 보석=갓벽

원래 크로노스 화려함 담당이 현우이긴 한데 진짜 너무 예뻐서 저 뿐
만 아니고 현우 예쁘다는 소리가 여기저기서 들리더란……

현우도 그거 눈치챘는지 고리보고 씨익(=너희 마음 다 알아) 웃으며
양손 펼치고 팽그르르 돌아줬어ㅠㅠㅠㅠㅠ요ㅠㅠㅠㅠㅠ으쇼ㅠㅠㅠㅠㅠ
ㅠㅠㅠㅠㅠㅠㅠㅠㅠ졸라귀여웠어ㅜㅜㅜㅜㅜ ㅠㅠㅠㅠㅠㅠㅠㅠㅠㅠ너
원래 그런 잔망 떠는 애 아니었잖아ㅠㅠㅠㅠㅠㅠㅠㅠㅠ

거의 울면서 소리지르고 있으니까 유준이갘ㅋㅋㅋ 쟤 잔망 떠는 것좀

보라더닠ㅋㅋㅋ자기도 똑같이 빙그르르ㅋㅋㅋㅋㅋ진짜 동갑내기 넘나 귀엽고욬ㅋㅋㅋㅋ

그 와중에 고리들한테 말걸던 주한이 손자보듯 흐뭇하게 웃으며 두 사람한테 잘한다 잘한다 박수쳐 주굨ㅋㅋㅋㅋㅋㅋ

아무튼 그렇게 또 두번의 녹화를 무사히 멋있게 마치고 끝까지 다정하게 인사하며 무대에서 내려갔어요

언제나 최고의 무대를 보여 주는 크로노스지만 진짜 단단히 준비해서 나온 느낌이라고 할까⋯⋯제가 다 벅차오르는 무대였어요

최고의 무대였고 최고의 방송이었어

1위 정말 축하하고 얘들아ㅜㅜㅠ고리들은 언제나 너희의 목표가 이루어지길 바라며 열심히 스밍할게⋯⋯

(크로노스 카운트다운 출연 후 파랑새에 올라온 단체사진.jpg)

(카운트다운 출연 후 이진성, 서현우 투샷.jpg)

좋아요 8,780 싫어요 542

댓글 10,866

크로노스의 팬 커뮤니티엔 고리들의 사녹, 방송 후기가 연이어 게시되기 시작했다.

정규 1집답게 비주얼적으로도 곡의 퀄리티적으로도 몹시 만족스러운 행보였으므로 반응은 뜨거울 수밖에 없었고 고리들의 화력은 방송 직후 더더욱 불타올랐다.

버즈량이 현저히 증가해 실시간 트렌드는 크로노스와 관

련된 것들로 도배되었고 기사도 다량으로 올라왔다.

크로노스의 〈환상령〉 앨범이 얼마나 긍정적인 평가를 받고 있는지 보여 주는 부분이었다.

한편 성공적인 컴백 무대를 마친 크로노스의 팬 카페에 다음 날 새벽, 콘텐츠 하나가 업로드 되었다.

제목은 '작곡 작사 : 유준, 현우 노래 : 강주한'이었다.

도대체 이게 뭐지?

뭔지는 모르지만 게시한 당사자가 크로노스다. 클릭할 수밖에 없지 않은가.

그렇게 고리들이 하나둘씩 제목에 흥미를 느끼며 들어오는데 갑작스럽게 음성이 재생되었다.

-아아, 들리…… 으흐흐흫, 아! 웃기지 마라, 서현우.
-안 웃었는데.

……이게 뭐지?

-흠흠, 야, 절대 웃기지 마. 뒤돌아 있어, 강.
-안 웃었고 안 웃겼다니까? 자기 혼자 웃고는 내 탓이래.

일단 들리는 목소리는 고유준과 서현우가 틀림없었다.

-여러분, 안녕하세요. 고유준.

-서현우입니다.

-불과 10분 전에 완성된 저희 두 사람의 자작곡을 발표합니다.

-그렇습니다.

-만든 시간 단 30분! 멤버들의 솔로곡을 만들어 주는 주한 형을 위한 저희의 선물이라고나 할까요?

음성 속 고유준이 일부러 목소리를 굵게 하며 너스레를 떨었다. 곁에서 서현우의 작은 웃음소리가 들려왔다.

-만든 시간 30분, 주한 형 설득에 5초, 녹음에 10분 걸렸습니다. 그럼 들려드릴게요!

-네, 들려주세요.

-작곡 작사 유준, 현우, 그리고 강주한이 부릅니다. 〈강주한〉.

'......?'

여기까지만 해도 이게 도대체 뭘 하는 건지 모르겠지만 일단 두 사람의 대화가 재밌어 흐뭇하게 듣고 있던 고리들은 이내 잔잔하고 예쁜 전주가 흘러나오기 시작하자 영문을 모르겠다는 반응을 보이기 시작했다.

1시간도 채 안 돼서 완성된 자작곡에 강주한이 불렀는데 제목이 〈강주한〉이고, 그런데 노래가 이렇게 잔잔하고 슬프다니?

이게 도대체 무슨 혼종이란 말인가.

그 순간, 전주가 끝나고 강주한의 노랫소리가 들려왔다.

Woo- I am I I I 가아앙 주한

'......?'

미련하게 널 찾고 있어

나의 날아간 작곡 파일 워어-

이게 뭘까.

그 와중에 병맛 가사와는 달리 30분 작곡한 것치고도 노래가 좋아서 더 모르겠다.

노래와 목소리가 좋아서 가사가 커버된다니 어이없었다.

워우워어 나아안

미래의 저작권 KING인데

파일이 날아갔지↗ (음이탈 남)

곁에서 숨죽이고 웃는 나머지 네 멤버들의 가빠른 호흡 소리가 들려왔다.

-이걸 또 진지하게 부르네

본인이 작곡 작사했으면서 기함하는 서현우의 중얼거림이 들려왔다.

고리들은 가끔 크로노스를 이해할 수 없었다.

내! 파일!!! 이이아!

강주한은 정말 방금 전 파일이 날아간 것처럼 절규하고 있었고, 곧 참지 못한 이진성의 폭소가 들려왔다.

혼종이 따로 없었다.

그러나 이걸 왜 갑자기 올렸는지, 비화가 어떻게 되는지에 대해서는 그 어떤 언급도 없었다.

고리들은 생각했다.

크로노스가 이후 출연하는 레뜨라(레나의 뜨거운 저녁 라디오)에 사연을 보내든, 이후 또 나올 제3회 크로노스 회의에 안건을 제시하든 해서라도 이 곡의 비화를 듣고 싶다고.

Chapter 13.
정규 1집 (8)

어젯밤 즉흥으로 만들어 올린 〈강주한〉은 여러모로 고리 들 사이에 화제가 된 모양이었다.

너무 어이없고 뜬금없는 게시글이라 받아들여질지 걱정했 는데 다들 진심으로 받아들이기보단 또 우리끼리 잘 놀고 있 나 보다 정도로 가볍게 즐겨 주었다.

어젯밤 나와 고유준은 계획했던 대로 〈강주한〉을 작곡 작 사했고, 하필 그때 주한 형의 파일이 날아갔다.

"……."

수 분의 침묵 뒤 주한 형이 말없이 도 PD님의 작업실을 빠져나와 회사 신입 연습생들의 연습실을 차지하고 트로트 를 부르려던 걸 끌어내 트로트 대신 자작곡을 쥐여 준 고유준의 작전은 성공적이었다.

주한 형은 반쯤 멘탈이 나간 상태로 멤버들 앞에서 〈강주한〉을 열창했고 '내! 파일!!! 이이아!' 같은 애드리브까지 자진해서 넣어 주었다.

그렇게 만든 음성 파일을 태성 매니저님께 들려드렸더니 표정 하나 바뀌지 않은 채 고개를 끄덕이곤 말없이 수환 형에게 들려주었다.

그러곤 수환 형은 이것으로 벨소리를 바꿨다.

팬 카페에 올리자 댓글창은 고리들의 'ㅋㅋㅋㅋㅋㅋㅋㅋㅋㅋㅋ'로 도배되었다.

조금 창피했지만 웃기니까 기분 좋긴 했다.

그리고 오늘 저녁.

오늘도 무사히 두 번째 음악 방송을 마무리한 우린 곧바로 녹음실로 향했다.

캘리아 로렌스 측에서 보낸 곡을 본격적으로 녹음하는 날.

이건 크로노스의 개인 일정이지만 특별한 점이 있다면…….

—이곳엔 무슨 일로 오신 건가요?

"아, 이곳은. 아직 비밀이긴 한데 아마 방송 나올 때쯤 공개가 되려나……. 곧 공개될 곡을 녹음하러 왔습니다."

게임 예능 '뉴비공대'의 〈카메라와 함께〉라는 것이었다.

카메라는 온전히 나만 포커스하여 밀착 촬영하고 있었다.

[뉴비공대]의 촬영이 본격적으로 시작되었다.

제작진은 녹음을 진행하는 동안 몇 가지 질문을 하거나 혼자서 무언가 말하길 권했고, 난 여유가 되는 멤버들을 앵글에 들여놓기도 하며 최선을 다해서 녹음과 촬영을 동시에 진행했다.

카메라는 녹음 현장, 연습하는 모습까지 싹 다 찍어 가려 했는데 덕분에 레나 선배님의 프로젝트를 위해 받은 곡을 아직 들어 보지 못했다.

늦은 밤이 되어서야 들어 볼 수 있을 듯했다.

확실히 일 세 개가 한 번에 겹치니 정신없긴 했지만 아직은 그럭저럭 차분히 잘 해내고 있었다.

녹음과 연습이 모두 끝난 밤, 난 피곤한 몸을 이끌고 연습실에서 나와 YMM 사옥으로 향했다.

이때까지도 [뉴비공대]의 카메라는 줄곧 따라붙어 있었다.

아마 방송에선 인기 아이돌의 쉴 틈 없이 바쁜 일상 정도로 짧게 나올 것이다.

-벌써 새벽 1시인데 안 피곤하세요?

하고 묻는 질문에 '솔직히 피곤해 죽을 것 같아요.'라고 말할 순 없으니 피로감 대신 열정 가득한 청년의 웃음을 띠며 고개를 저었다.

"익숙해져서 괜찮아요. PD님은 안 피곤하세요?"

차마 안 피곤하다는 말은 억울해서 절대 꺼내기 싫고.

PD님은 나와는 다르게 피곤에 전 얼굴을 하고선 목소리만은 다정하게 대답했다.

-저희는 괜찮아요. 늦게까지 고생이 많으시네요.

"아이, 아닙니다."

난 어색하게 말하곤 정면으로 시선을 돌렸다.

나의 낯가림이 심하다는 건 내가 출연하는 모든 예능을 막론하고 공통적으로 적용되는 이미지라서 굳이 어색하게 말 붙이지 않아도 괜찮다고 제작진이 직접 말했다.

내가 도착한 곳은 회사의 구석 공간이었다.

흡사 1인 독서실같이 마련된 이곳은 YMM의 직원들이 혼자 업무에 집중하고 싶을 때 들어와 일하라고 작게 만들어 둔 곳이다.

김 실장님은 사 온 게이밍 컴퓨터를 임시로 이곳에 집어넣어 뒀다.

-이곳은 어디인가요?

제작진도 이게 뭔가 하는 표정이다.

그도 그럴 게 굉장히 허술하게 세팅되어 있어서······.

게이밍 PC 본체에 사무용 모니터, 사무용 마우스, 사무용 키보드.

바로 전날 촬영하고 온 곳이 지혁 형 하이텐션의 숙소라고 하던가.

거긴 같은 아파트인데도 불구 텅텅 빈 우리 숙소와는 다르게 굉장히 잘 꾸며 놨다.

컴퓨터 방이 따로 있다고 하던데, PC방 버금가는 호화로운 하이텐션의 숙소 컴퓨터방과 숙소도 아니고 회사 한구석에 초라하게 설치된 컴퓨터는 꽤 비교가 되었을 테지.

제작진의 물음에 난 그런 호화롭고 럭셔리한 생활은 모른다는 듯 태연히 말했다.

"저희 대표님이 저 게임 예능 한다고 마련해 주신 컴퓨터예요. 예쁘죠?"

좀 자랑하듯 말해 보았다.

"본체에 보라색 조명도 달려 있어요. 와, 이런 거 PC방에나 있는 건데."

우린 평소 이런 대우 받고 산다고 간접 내부 고발 좀 해 봤다.

서러워 죽겠네, 진짜.

난 끝까지 뿌듯한 얼굴을 하며 자리에 앉았다. 컴퓨터엔 이미 〈원아워즈〉가 깔려 있었다.

미리 찾아 놓은 예전 아이디로 들어가서 휴면 상태에 돌입한 캐릭터를 복구시키고 바로 들어가 이것저것 만져 보았다.

"세팅이 바뀐 것 같기도 하고⋯⋯."

PC가 바뀐 탓인지 스킬이 뒤죽박죽으로 섞여 있었다.

난 커뮤니티 사이트를 보며 대충 스킬 정리를 하고 기억나는 저렙 던전에 홀로 들어가 클리어해 보았다.

업데이트가 계속되면서 스킬 굴리는 법도, 이펙트도 많이 바뀐 것 같긴 한데 그럭저럭 원래 쓰던 거라 금방 적응했다.

복귀 유저라고 우편으로 이것저것 온 것들을 싹 다 받고 조금씩 상위 던전과 내가 게임을 접었던 당시 최상위 레이드를 돌기 시작하니 금방 레벨업 이펙트가 떴다.

'꽤 할 만한데?'

당시엔 많은 유저들이 울고 고통받았던 최상위 레이드 보스인 '벨리구스'는 이제 동네북이 된 모양이다.

이제 막 복귀한 나도 파티에 참가해 쉽게 깼고 채팅창엔 벨리구스 버스 기사(게임 속 재화를 받고 함께 레이드에 들어가 보스 깨주는 유저)들이 한가득이었다.

　

－벨리구스 버스, 경매 미참 3500 귓말 ㄱㄱ

－벨리구스 버스합니다 3700 (2/4)

－**많네 버스충들ㅋ

－벨리구스 버스 왜함?

－벨리구스 3700 한분 오시면 바로 ㄱ

－ㅋㅋㅋㅋ벨리구스를 버스 탈 정도면 이겜 왜함ㅋㅋㅋㅋ

　

적당히 예전 최상위 콘텐츠였던 위엄은 유지하고 있는 모양이라 몇 번 깨 본 나 같은 사람들은 어렵지 않은 난이도로,

뉴비에게는 겁을 먹을 만한 보스 정도이려나.

나중에 출연진과 만나면 점핑(유료 결제로 캐릭터의 레벨을 만렙 직전까지—만렙은 아님— 올려 주는 것) 후 벨리구스로 손을 푸는 것도 나쁘지 않겠다.

난 벨리구스로 파밍된 템을 착용한 뒤 커뮤니티의 공략을 숙지하고 조금 더 높은 급의 레이드로 뛰어 들어갔다.

패턴만 잘 알고 있으면 딱히 어려울 것 없는 난이도였다.

ㅡ……되게 잘하시네요.

"오랜만에 해 보니 재밌네요. 아직 최상위 구간이 아니라서 어렵지는 않아요."

역시 〈원아워즈〉의 묘미는 레이드지.

솔직히 얼마 전 처음부터 시작하겠다고 캐릭터 만들고 돌아다닐 때까지만 해도 역시 옛날 게임은 옛날 게임이라고 좀 지루하다 생각했었다.

그런데 아무리 세월이 느껴지는 게임이라고 해도 게임의 정체성이라고 할 수 있는 레이드의 재미는 여전했다.

어느새 나는 패턴 공략하는 재미를 느끼고 있었다.

ㅡ지혁 씨와는 정반대의 모습이 함께 계시면 좋은 장면이 나올 것 같아 기대됩니다.

즐겁게 레이드를 클리어하고 파티에서 나왔을 때 웃음기로 가득한 PD님의 목소리가 들려왔다.

내가 PD님을 바라보자 PD님은 의미심장한 표정으로 씨익 웃었다.

"지혁 형? 지혁 형, 아."

난 금방 PD님의 표정이 무엇을 의미하는지 알 수 있었다.

그러고 보니 지혁 형은 게임에 전혀 관심 없는 사람 아닌가?

내가 지혁 형에 대해 잘 알고 있는 건 아니지만 적어도 내가 아는 지혁 형은 하루 종일 휴대폰을 붙잡고 그룹에 관한 일을 하거나, 친한 형, 동생과 만나 놀거나 하는 사람이지 게임을 별로 즐기지는 않을 것 같았다.

"지혁 형, 어때요?"

ㅡ글쎄요~.

못하는구나. 하긴, 나 보려고 즉흥적으로 출연을 결심한 건데 자신의 게임 실력에 대해선 딱히 신경 쓰지 않았을 거였다.

제작진 측에서도 지혁 형에게 실력을 기대하기보단 예능적인 면모를 기대하고 있는 듯하고.

어쩐지 굉장히 고생할 것 같은 불안감이 일었지만 그냥 상황이 닥쳐 오기 전까지 걱정하지 않기로 했다.

가뜩이나 일정이 겹쳐서 복잡한데 불안해서 뭐하겠는가.

난 가볍게 웃고 다시 화면을 바라보았다.

파밍 운이 꽤 좋아서 처음과 비교했을 때 장비가 많이 바뀌었다.

곧 점핑하면 버려질 아이템이지만 복귀 지원 장비를 끼고 있으니 지금 당장 비슷한 난이도의 레이드를 돌기엔 딱히 문제가 되지 않을 것으로 보였다.

'새로운 스킬도 생겼고.'

다음 레이드를 돌아보기 위해 커뮤니티 사이트를 돌고 있을 때 갑자기 방문이 열리고 다정한 웃음소리가 들려왔다.

"현우, 오랜만이야."

그리고 이내 뒤에서 쭉 팔이 튀어나와 날 꽉 감싸 안았다.

"잘 지냈어?"

정수리 쪽에서 자상한 목소리와 함께 숨결이 느껴졌다. 내가 살짝 고개를 들자 다원 형이 미소와 함께 날 내려다보고 있었다.

"형. 선배님."

"형인지 선배님인지 하나만 해, 인마."

난 자연스레 다원 형에게 머리를 기대고 마우스를 딸깍거렸다.

"무슨 게임이야? 무슨 방송이에요?"

다원 형은 그제야 카메라와 화면을 번갈아 보며 상황을 묻기 시작했다.

"이번에 출연하게 된 예능 프로그램이에요, [뉴비공대]라고."

"이름 되게 특이하다. 게임 하는 프로야?"

"네."

─다원 씨는 게임 잘하세요?

대화 도중 PD님이 끼어들었다.

다윈 형은 줄곧 안고 있던 나를 놓으며 대답했다.

"아뇨, 잘 못해요. 예전에 조금 즐기다 안 한 지 꽤 됐어요."

—다음에 한번 출연하셔서 같이하시면 좋을 것 같아요!

"어, 지금 섭외하시는 건가요? 하하, 기회가 되면 꼭이요. 현우랑 오랜만에 PC방 가고 그런 거 재밌겠네요."

일순간 PD님의 눈이 반짝였다. 정말 섭외해 볼 생각도 있는 모양이었다.

잠깐 자유를 되찾았던 내 몸은 다시 다윈 형의 품으로 들어갔다.

"아무튼 지나가다가 카메라 보이길래 크로노스 후배들 중 하나구나 싶어서 와 봤습니다. 이제 방해 안 하고 가 볼게요."

"스케줄 하고 오신 거예요?"

"응, 어우, 피곤해. 형 간다."

나는 선배님이라고 하고 형은 형이라 하고, 아주 호칭이 제각각이다.

다윈 형은 내 머리를 흩트리곤 사라졌다.

다윈 형이 왔다 가니 게임에 홀딱 빠졌던 이성이 돌아왔다. 시간 가는 줄 모르고 게임만 하다 보니 어느새 3시.

이제 슬슬 돌아가야 할 때였다.

"이제 갈까요?"

일어나 짐을 챙겨 태성 매니저님과 함께 숙소로 향했다.

"근데 PD님, 다원 선배님 정말 섭외하실 거예요?"

—특별 출연해 주시면 저흰 너무 감사하죠.

—다원 씨 말대로 잠깐 나와서 현우 씨랑 PC방 들르고 하는 것도 재밌겠다.

곁에 있던 작가님이 진심이라는 듯 웃으며 말했다.

난 똑같은 미소로 고개를 끄덕이고 창밖으로 시선을 돌렸다.

카메라는 숙소로 돌아가는 모습까지 인위적으로 찍고서야 촬영을 마무리했다.

"고생하셨습니다!"

"수고했어요. 다음 촬영 때 봐요!"

숙소에 들어가자마자 씻고 레나 선배님의 곡을 들으며 바로 침대에 누웠다.

내일이야말로 역대급 일정이 기다리고 있었다.

음악 방송은 물론이고 오랜만에 크로노스 단체 예능 촬영 스케줄이 잡혀 있다. 거기다 저녁에는 레나 선배님과의 녹음이 기다리고 있다.

이번 주만 미친 듯이 프로모션을 돌면 다음 주는 여유롭다고 했으니까 그때까지만 불태우자.

그렇게 생각하며 잠이 들었다.

"정말 감사합니다. 앞으로도 열심히 하는 크로노스가 되겠습니다!"

"감사합니다!"

세 번째 음악방송의 마지막. 크로노스는 이번에도 1위를 했다.

〈비갠 뒤 어게인〉은 우리에게 커다란 행운이었다. 방영이 되면 될수록, 〈비갠 뒤 어게인〉의 너튜브 채널에 무대 영상 등의 영상이 업로드되면 될수록 〈환상령〉의 음원 판매량도 수직으로 올라갔다.

데뷔한 이후 한류의 중심이라는 소리를 이렇게 많이 들어 본 적 없었는데 계속에서 그런 수식어로 불리는 걸 보면 확실히 '우리가 국내외로 유명해지긴 했나 보다.'라고 생각했다.

"자! 1위 공약! 주한 형!"

멤버 모두가 주한 형에게 마이크를 들이밀었다. 오늘의 1위 공약은 얼마 전 세기의 곡 〈강주한〉으로 솔로 데뷔한 주한 형의 트로트 버전 〈환상령〉이었다.

"나 혼자 부르라고? 나 혼자 부르는 거였어?"

주한 형은 다섯 명 전부가 부르는 줄 알았는지 당황하며 마이크를 밀어냈다.

그러자 윤찬이가 소심하게 상황을 지켜보다 슬그머니 노

래를 불렀다.

몽마가 창궐해애…….

"푸흡!"

트로트도 아니고 제대로 부른 것도 아닌 어색한 목소리로, 윤찬이가 애써 트로트를 부르려고 노력했다.

나름 열심히 하는 것 같은데 트로트가 아니라 웅변 같았다.

윤찬이가 노래를 부르자 주한 형은 감격한 표정을 짓더니나, 고유준, 진성이의 마이크까지 총 4개의 마이크를 한번에쥐고 트로트 버전 〈환상령〉을 부르기 시작했다.

나와 고유준은 대놓고 앉아 웃다가 진성이에게 일으켜 세워졌다.

"형! 우린 댄서잖아."

"진성 씨? 잠만 나 봐."

"이야~ 이거 의상 늘어나겠다잉."

고유준이 깔깔거리며 말했다.

우린 옷걸이에 걸린 옷처럼 진성이에게 끌려갔고 고리들의 열광적인 응원에 맞춰 고유준이 변기를 부쉈다던 그 헤드뱅잉을 곡이 끝날 때까지 해야만 했다.

머리를 털다 머리띠가 날아갔는데, 어디로 날아갔는지 모르겠지만 신경 안 쓰기로 했다.

협찬이나 그런 게 아니라고 했다.

"여러분, 감사합니다!"

"고뤼!!! 내일 봐요!!!"

"네에!!!!"

"오늘 고생했어요! 집에 가서 푹 쉬어요!"

우린 고리들에게 인사를 하며 틈틈이 시선을 교환했다.

'오나?'

다들 눈빛으로 대화하고 있지만 오랫동안 연습생 생활을 함께한 세월 어디 안 간다고, 눈빛 대화가 또 되는 편이다.

'지금 오나?'

'몰라, 나도.'

곧.

긴장하며 우리의 인사가 마무리되고 슬슬 무대 뒤로 들어가려던 차였다.

"하하하하! 여러분! 안녕하세요!"

"어어? 어? 끼야아아아악!!!!!!"

무대 뒤편에 갑자기 소란이 일더니 익히 아는 유명한 연예인들과 카메라가 우르르 무대로 올라오기 시작했다.

관객석은 당황하다 이내 그들의 얼굴을 확인하고 격한 함성으로 반겨 주었고 연예인들은 방청객들에게 인사하며 우리에게도 반갑게 손을 흔들었다.

"어우, 크로노스! 처음 뵙죠?"

저들이 올라올 것을 예상하고 있었음에도 우리가 구석에 모여 쪼그라든 것은 어쩌면 당연할지도 모른다.

"왜 크로노스 저기서 옹기종기 붙어 있어?"

"너희 펭귄이세요? 하하하하!"

"아, 형님, 너무 재미없어요."

왜냐하면 일단 저들의 기세가 굉장히 저돌적이었고 우린 하나같이 낯가림이 무척 심하기 때문이다.

"고리 여러분! 실례 좀 할게요!"

"죄송한데 저희가 크로노스 좀 데려갈게요!"

우린 출연진의 시선이 고리들에게서 우리에게로 돌아오고 서야 슬그머니 떨어져 어색한 미소와 인사를 건넸다.

"안녕하십니까."

"안녕하세요, 선배님."

"아유, 우리 크로노스. 우리가 놀라게 했나 보다. 괜찮아요. 헤치지 않아요. 이리 와요. 이리 와."

"와, 인기 많은 아이돌한테는 저렇게 친절해?"

출연진 중 메인 MC 역할을 맡은 지벽산 선배님은 우리에게 다가와 대표로 주한 형의 손을 잡아 이끌었다.

주한 형이 순순히 선배님을 따르자 우리도 주한 형과 함께 선배님을 따라갔다.

"자, 고리 여러분한테 인사하고. 크로노스. 마지막으로 고리 여러분한테 인사해요."

"와아아아아!!!!"

우리의 예능 출연을 예감한 고리들은 돌발적인 상황임에도 밝게 고리봉을 흔들며 우릴 배웅해 주었다.

"여러분, 저희 잘하고 올게요!"

"다녀올게요!"

출연진은 크로노스 멤버들이 도망이라도 갈까 봐 한 명씩 손을 잡아 촬영 장소로 이끌었다.

KEW 장기 예능 프로그램 〈매일매일 다른 예능! 베짱이 1호점〉의 출연진이었다.

지벽산, 건석, 주소담, 김도림, 온정우, 그리고 매일 다른 게스트를 섭외해 진행되며, 베짱이처럼 게을러서 고정적인 예능 구상은 못 하겠고 그때그때 재밌을 만한 걸 하겠다는 모토로 매주 혹은 2주마다 한 번씩 내용도, 장르도 바뀌어 새로운 재미를 선사하는 프로그램이다.

최근 멤버가 개편된 이후 최 전성기를 맞이한 〈베짱이 1호점〉의 촬영이 음방위 마무리와 함께 이어지듯 시작되었다.

"이야, 최근 크로노스, 대한민국의 대세 아닙니까! 예?"

"아유, 아닙니다."

"아까 헤드 뱅잉 하는 거 잘 봤어요, 여러분."

"누구시지? 주한 씨가 리더 맞죠? 열심히 트로트 부르시던데."

"다들 아까 열심히 헤드 뱅잉 한 것 치곤 너무 부끄러워하는 거 아냐?"

"귀야워어~. 초식동물들 같애~."

출연진은 우리의 1위 앙코르에 대해 잠시 대화를 나누며 크로노스를 인터뷰해 주었다.

"그럼 정식으로 시청자분들한테 인사 한번 할까요?"

지벽산 선배님의 말에 주한 형이 힘차게 대답했다.

"네! 그럼 인사드리겠습니다! 하나, 둘, 셋!"

"안녕하세요! 크로노스입니다!"

"예에! 좋다!"

"근데 크로노스는 그런 거 없어요? 아이돌들은 다들 인사법 같은 거 있잖아, 왜."

"이런 건 어때? 안녕하세요! 으으아아! 시간을 조종하겠다! 시간의 신 크로노스입니다!"

"어우. 그게 뭐야. 무슨 90년대도 아니고 유치해. 건석이는 조용히 좀 해!"

역시 예능 베테랑 출연진…….

한마디 하면 우르르 열 마디가 붙어 왔다.

이렇게 해야 분량이 건져진다는 것이겠지. 〈플라잉맨〉 때도 느꼈지만 방송에서 매일 오프닝만 1시간째라던 출연진의 말이 이해되는 순간이었다.

우린 또 미소만 지으며 멤버들끼리 슬그머니 붙었다.

붙으려고 했던 건 아닌데 약간 본능적인 어색함 때문인지

막내들이 슬쩍 붙어 오더라.

우리의 모습을 본 또 다른 출연진 주소담 선배님이 픽 웃었다.

"크로노스 또 펭귄처럼 딱 붙어 있네. 우리 무서운 건 아니죠?"

"아이, 아닙니다. 아닙니다, 선배님."

우린 일제히 손사래를 치며 고개를 내저었다. 그러자 지벽산 선배님이 호쾌하게 웃으며 우릴 가리켰다.

"제가 크로노스 여러분은 처음 뵙는 건데 또 방송으로는 자주 봤거든요. 크로노스는 이러다가 본격적으로 게임 시작하면 돌변하는 스타일들이야. 그렇죠?"

"그건 아까 헤드 뱅잉 하는 걸로도 알겠드만?"

그 이후로도 오프닝은 계속되었고 다행히 우리가 적응하기까지 시간이 걸리는 만큼 MC들이 적당히 치고 빠져 주며 우리의 인터뷰까지 오디오가 비지 않도록 해 주었다.

"자! 그래서 오늘은 무슨 예능이죠?"

〈베짱이 1호점〉의 고정 멘트가 나오자 제작진은 기다렸다는 듯이 준비한 종이봉투 두 장을 내밀었다.

─우선 저희가 미션이 든 봉투 두 개를 준비했는데요. 오늘은 지벽산 씨, 그리고 주소담 씨가 팀의 대장이 될 것이므로…….

"어? 벽산 오빠야 그렇다 치고 저도 대장이에요? 웬일로?"

─네, 오늘은 두 분이 각 팀의 대표가 되실 겁니다. 두 분께서 알아서

봉투 골라 가 주시면 되겠습니다.

두 사람은 그냥 아무거나 골라 가라는 출연진의 성화에도 불구하고 서로 기 싸움을 하다 가위바위보까지 한 후 봉투를 골라 갔다.

－자, 골라 주셨으면 이제 팀을 짜면 되는데요. 팀원은 빠른 진행을 위해 대표 두 분께서 가위바위보로 골라 주시면 되겠습니다.

"바로 갑니다. 가위, 바위, 보!"

두 사람은 또 과장된 리액션으로 가위바위보를 시작했고 멤버들을 한 명씩 골라 갔다.

일단 기존 베짱이 멤버들 중 에이스로 꼽히는 출연진, 그리고 크로노스 멤버들, 베짱이 멤버 최하위권 멤버들 순으로 뽑혔다.

난 지벽산 선배님 팀으로 주한 형과 같은 팀이 되었다.

지벽산 선배님은 정말 우리 예능을 챙겨 보시는 건지 예능 멤버들을 뽑았다고 좋아하셨다.

나와 주한 형은 방송에서 예능감을 뽐낸 적 없고 저쪽 팀이 우리 그룹 예능 멤버 고유준과 진성이를 데려갔기 때문에 그냥 예의상 해 주신 말 같다.

"근데 무슨 내용인지를 모르니까. 지금 이렇게 팀을 짜 봤자 소용없지 않아?"

"그러니까. 오늘 이 귀한 분들 모시고 뭐 해요?"

출연진이 묻자 제작진이 말했다.

－오늘의 예능은요, 투표로 상금을 획득하라! 일명 '픽뮤업'입니다.

"……에이, 그게 뭐야."

출연진 사이에 차가운 타박들이 쏟아졌다.

누가 봐도 〈픽위업〉을 베낀 부제가 아닌가. 아마 〈픽위업〉 출신인 우리가 나왔다고 일부러 저렇게 지은 모양이었다.

멤버들이 일제히 비난을 쏟아 내는 가운데, 어차피 정해진 거 계획이나 빨리 짜는 게 좋다고 생각했는지 소담 선배님이 물었다.

"픽뮤업에 뮤는 뭐예요?"

–네. 뮤는 뮤직비디오입니다.

"에엥? 뮤직비디오?"

–여러분들은 크로노스 멤버들과 함께 각자 뮤직비디오를 제작하실 겁니다.

"뮤직비디오를 하루 만에 어떻게 만들어?"

–물론 짧은 시간 내에 완벽한 뮤직비디오를 만드는 건 불가능하겠지요? 뭐, 그 부분은 알아서 하시고.

PD님이 참으로 얄미운 말투로 말했다. 그러자 또 출연진의 득달같은 불만들이 쏟아져 나왔다.

"그런 무책임한 말이 어딨어요!"

"와! 쟤 이거 10년 하더니 진짜 베짱이가 되어 가네?"

–아니 허헣 뭐, 원 테이크도 있고 그렇잖아요.

"그럼 이 봉투는 뭐야. 안에 곡 들어 있어?"

우리 팀의 에이스 출연진 김도림 선배님이 묻자 PD님이 고개를 끄덕였다.

—네, 각 대표께서 뽑으신 봉투엔 크로노스 여러분들에 관련된 곡들이
들어가 있고요. 그 곡에 대한 뮤비를 찍어 주시면 될 것 같습니다. 완성
물은 조금 뒤 라이브 방송으로 시청자분들께 실시간 공개될 거고요. 모
두 함께 결과를 집계할 겁니다.

"와…… 너무하네. 원 테이크라니."

PD님은 지벽산 선배님의 말을 무시하고 진행했다.

—그럼 봉투 속 곡을 공개해 주세요.

그렇게 나온 각 미션곡들은.

"……이게 뭐야?"

"아, 아……."

내 입에서 자연스레 탄식이 흘러나왔다.

출연진 모두 난리가 난 상황에 PD님은 악독하게 웃었다.

미션곡은 우리의 흑역사 〈붉은 망토 차차〉와 바로 얼마
전에 공개된 〈강주한〉이었다.

"크로노스 곡 중에 이런 곡이 있어?"

누군가 물었고.

"난 〈환상령〉밖에 모르겠는데."

출연자 중 누군가 대답했다.

"〈붉은 망토 차차〉는 알아. 〈붉망차〉라고 부르지 않아? 근
데 〈강주한〉은 뭐야. 주한 씨는 뭔가 미션이 따로 있단 거야?"

누군가 제작진에게 물었고.

"아, 〈강주한〉도 곡이에요."

내가 말했다. 그러자 지벽산 선배님이 내 표정을 보고 소리 없이 웃으며 말했다.

"현우 씨 표정이 안 좋은데? 하하하학! 무슨 곡이길래 그래?"

"상대 팀 곡이 〈붉망차〉인 걸 보면 우리 쪽 곡도 보통은 아닐 것 같아. 맞아요, 주한 씨?"

김도림 선배님이 물었고 주한 형이 활짝 웃으며 고개를 끄덕였다.

"보통은 아니죠."

"아니 근데 주한 씨는 왜 이렇게 좋아해?"

"현우 씨, 제 귀에 대고 조금만 불러 줘 봐요."

같은 팀 온정우 선배님이 귀를 가까이 들이댔을 때 제작진이 출연진을 진정시키고 말했다.

—이 곡들은 크로노스 여러분들의 공식 앨범에 수록된 곡들은 아니고, 지금까지 불렀던 곡 중 재밌을 만한 곡을 뽑아 봤습니다.

"아! 어쩐지! 내가 크로노스 곡을 모를 리가 없는데! 내가 크로노스 되게 좋아하거든."

건석 선배님이 카메라에 대고 손 하트를 시전했다.

"아, 거짓말하지 마! 크로노스 멤버들 이름은 알아?"

"알거든? 당연히 알거든?"

"뭔데!"

"……일단 유준이. 그리고 여기가 진성이."

"일단 나왔다. '일단' 나오면 모른다는 거야."

"또!"

"윤찬…… 씨, 또 어, 저쪽에 현우 씨!"

갑작스럽게 시작된 멤버 이름 말하기. 어느샌가 브리핑하던 PD님의 말은 또 멈췄지만 또 분량은 잘 뽑힐 듯하다.

역시 예능에 주력하는 연예인들이라 토크 능력이 남다르다.

멤버 이름 말하기는 건석 선배님이 주한 형의 힌트를 받아 아슬아슬하게 모든 멤버의 이름을 말하고 거들먹거리며 마무리되었다.

—간단히 곡에 대해 설명드리자면 〈붉은 망토 차차〉는 크로노스가 데뷔하기 전 경연 프로그램에서 불렀던 곡이죠.

"이건 알지. 꽤 유명한 거 아니야? 너튜브에서 한때."

"네, 맞아요. 한때 이슈가 됐었어요."

내가 대답했다.

—그리고 〈강주한〉이란 곡은 공개된 지 3일 된 신곡입니다.

"어, 진짜? 3일 된 곡이라고?"

—팬 카페에서만 공개된 곡인데 곡이 굉장히 좋아서 고리 여러분들도 뮤직비디오가 나오길 바라고 계시지 않을까…….

PD님은 어느 때보다 뻔뻔한 목소리로 자신이 〈강주한〉을 선택한 이유에 대해 설명했다.

물론 〈강주한〉의 실체를 알고 있는 멤버들은 웃음을 참느라 애쓰는 중이다.

-크로노스의 현우 씨와 유준 씨가 리더인 주한 씨를 위해 작사 작곡한 곡이에요.

"크으, 형을 위해 쓴 곡이라니 그럼 됐다. 분명 엄청 좋은 곡일 거야. 제목부터가 사랑이 그득하네, 아주."

"아, 뭐야. 우리도 〈강주한〉으로 하게 해 줘!"

PD님의 말에 속아 넘어간 출연진은 서로 〈강주한〉을 탐내며 투닥거렸다.

열심히 웃음을 참고 PD님의 말에 맞춰 진지한 표정을 짓고 있던 나는 반대편에서 나와 같은 자세로 웃음을 참고 있던 고유준과 그만 눈이 마주치고 말았다.

"푸하학!"

"……흐읍."

고유준이 먼저 터졌고, 나도 올라가는 입술을 제어하지 못해 고개를 숙였다.

"뭔데? 현우 씨, 왜 고개를 숙여? 왜 떨어요? 부들거려, 계속. 현우 씨, 고개 좀 들어 봐요."

"유준이도 같이 터졌네? 뭔데, 너네 왜 그러는데?"

출연자들이 드디어 크로노스의 의미심장한 표정을 알아차리기 시작했다.

대놓고 웃는 고유준과 고개를 숙인 나는 이리저리 흔들리며 곡의 정체를 털어놓길 강요당했으나 굴하지 않고 꿋꿋이 고개만 저었다.

그러자 PD님이 또 상황을 정리시키고 말을 이었다.

-자, 우선 뮤직비디오를 촬영하기 전에 이 두 곡이 어떤 곡인지 먼저 들어 봐야겠죠?

"그래야죠. 그래야죠."

-크로노스분들이 앞으로 나오셔서 두 곡 다 한 번씩 보여 주시는 걸로 하겠습니다.

PD님이 눈신호를 보내자 멤버 모두 가운데로 향했다.

이미 사전 논의 때부터 알고 있던 것이긴 했지만 실제로 하려 하니 우습기 그지없는 모습들이다.

크로노스 인생에 고리들의 웃음 지뢰라고 불리는 두 곡을 연속해서 부르는 것도 그렇지만, 일단 우린 무대에서 내려온 직후의 모습이었다.

〈환상령〉의 의상을 입고 〈붉은 망토 차차〉 춤을 춰야 한다는 뜻이었다.

"와, 어떡해? 나 이거 알아. 이거 실제로 볼 줄은 몰랐어."

주소담 선배님의 목소리가 들렸고, 곧 또링 또리링 하는 〈붉은 망토 차차〉의 전주 부분이 나왔다.

"아니, 오디션곡으로 이걸 불렀다고? 진짜? 크로노스 대단하네!"

〈붉망차〉는 어린이 애니메이션 OST지만 경연 프로그램에서 불렀던 곡이라 꽤 하드한 댄스를 가지고 있다.

완곡 하는 건 무리라 주요 부분만 편집해서 공연했다.

시작은 평범하게 귀엽고 상큼한 차차. 〈환상령〉 의상을 입고.

이건 라이브로 뻔뻔하게 해야 더 웃기고, 우리는 웃기고 싶었기에 뻔뻔하게 라이브 했다.

멤버 모두 지금쯤 오디션 때 스스로 했던 다짐을 다시 하고 있을 것이다.

'나는 귀엽고 사랑스럽다. 아름다운 요술봉을 휘두르는 차차다.'

역시나 제일 신난 건 주한 형이고, 부끄러워하면서도 열심히 하는 애는 박윤찬이다.

웃으며 반쯤 현타 가득한 표정으로 춤추는 고유준과 열심히 하는 진성이.

솔직히 우리 팀은 원래 이런 팀이라 난 춤추면서도 아무 생각 없었다. 왜냐하면 난 차차니까.

"하하하황학! 잘한다. 잘하네!"

"크로노스 잘한다!"

출연진이 원래 웃긴 것 이상으로 웃어 주며 분위기를 띄워 주었다.

진성이가 센터로 향했고 분위기는 전환되었다.

"어어? 뭔가 나온다. 이제 뭐 나온다."

"그래! 이게 크로노스지! 멋있는 거 나오나!"

진성이의 앞에서 허리를 푹 숙이고 시계추 돌리듯 하는 안무.

당시의 모든 댄스 테크닉을 쏟아부었던 댄스브레이크가 한참이나 이어졌다.

이곳은 〈픽위업〉이 아니기 때문에 진지한 댄스가 계속되면 웃긴 것보다 리액션을 내기가 힘들다.

출연진의 입에서도 '멋있다'만 반복해서 나올 때쯤, 내가 센터로 이동해 그 어느 때보다 비장한 표정으로 외쳤다.

세상에서 제일 힘차게!

"워어, 마, 법의, 펜던, 트우어어-!"

역시나 확신의 '마법의 펜던트'다.

출연진은 흐드러지게 웃었고 난 뿌듯함을 가득 안은 채 물러섰다.

'웃겼다!'

웃겨서 너무 기쁘다!

"저 의상 입고 웃기는 것도 쉽지 않을 거야."

지벽산 선배님의 감상 평과 함께 〈붉은 망토 차차〉의 공연은 끝이 났다.

"아니 너희……."

"아니 현우 씨."

"예."

공연이 끝난 후 출연진은 당연히 마지막 임팩트를 가져간 나를 제일 먼저 조명했다.

"이 점잖은 얼굴로 마법의 펜던트를 부른다고? 와…… 와,

크로노스 재밌네. 몰랐는데."

"아, 감사합니다."

"웃겼다고 고마워하지 말라고! 현우 씨! 당신, 아이돌이야!"

"아, 하하. 잘 모르겠는데 웃기면 되게 기분이 좋더라고요."

〈붉망차〉는 뻔뻔하게 웃기는 것이 포인트니만큼 주로 웃음 포커스가 돌아가는 건 잘 안 웃을 것같이 생긴 나와 주한 형, 그리고 고유준이었다.

진성이는 댄스브레이크 부분을 언급해 주었고, 윤찬이는 별 멘트 없이 넘어갈 뻔한 걸 곁에 있던 고유준이 과거 어른 차차 의상과 '차차가 장난이야?' 에피소드를 꺼내며 인위적으로 조명시켜 주었다.

"와, 오랜만에 엄청 웃었네."

"난 잘생긴 애들이 이런 거 할 때 미치겠더라. 너무 웃겨."

그리고 다음은 대망의 〈강주한〉이다.

"난 이 곡이 도대체 뭔지 너무 궁금해. 감이 안 잡혀, 무슨 곡일지."

제작진이 나와 고유준, 주한 형에게 핸드 마이크를 넘겨주었고 우린 다시 한번 앞으로 나섰다.

"주한 씨 표정 무슨 일이야? 왜 저렇게 슬픈 얼굴이야?"

김도림 선배님의 물음에 난 주한 형의 어깨를 감싸고 말했다.

"감정을 잡아야 해서요."

고유준도 말을 덧붙였다.

"되게 슬픈 내용의 곡이라."

"슬픈 곡이에요? 의외다, 또 무슨 웃긴 곡인가 했더니."

"슬픈 곡이면 뮤직비디오 만들기도 쉽겠다."

지벽산 선배와 도림 선배님이 쉬워지겠다고 좋아하셨다.

글쎄…… 과연 그게 그렇게 될지.

PD님의 저 악독한 표정을 보라.

-그럼 시작해 주실까요?

"네, 시작하겠습니다."

고유준이 심각했던 표정을 풀고 '대사'를 시작했다.

-아아, 들리시나요……! 아! 웃지 마라, 서현우

안 웃었는데

고유준이 날 밀었고, 난 날아갔다 돌아와서 그 2배의 힘을
더해 고유준을 밀어 버렸다.

"뭐야?"

"갑자기?"

출연진이 의아한 목소리를 냈다.

그렇다.

고리들도 출연진도, 아마 PD님과 윤찬이, 진성이까지 몰
랐을 사실이 있다.

〈강주한〉은 내레이션부터 시작이다.

우린 그들의 반응을 모른 척하고 진지하게 대사를 이어 나
갔다.

-야, 절대 웃기지 마. 뒤돌아 있어, 걍

-안 웃었고 안 웃겼다니까? 자기 혼자 웃고는 내 탓이래.

"와, 현우 형, 연기가 늘었어."

"……와아……."

출연진과 같은 반응을 보이는 막내들. 그 모습을 본 주소담 선배님이 깔깔 웃으며 '너희도 몰랐어? 웃긴다.'라고 하셨다.

-안녕하세요, 여러분. 저희는 고유준.

-서현우입니다.

-불과 3일 전에 발표된 저희 두 사람의 자작곡을 공개합니다.

-그렇습니다.

"아니 이걸로 뮤직비디오를 어떻게 만들어!"

"근데 웃기긴 하다."

"곡이 아니고 만담이었어?"

아아, 안 들린다. 웃으면 안 된다. 안 들려, 안 들려.

나는 필사적으로 참으며 무표정하게 대사를 이어 나갔다.

-만든 시간 단 30분! 멤버들의 솔로곡을 만들어 주는 주한 형을 위한 저희의 선물이라고나 할까요?

고유준은 이미 진지한 이미지를 버리고 활짝 웃고 있었다.

-만든 시간 30분, 주한 형 설득 5초, 녹음 10분! 그럼 들려드리겠습니다!

-작곡 작사 유준, 현우, 그리고 강주한이 부릅니다. 〈강주한〉.

그 순간 우리 뒤에서 열심히 감정을 잡고 있던 주한 형이 마이크를 잡고 앞으로 튀어나오며 힘차게 노래를 시작했다.

쓰흐읍……! WOO- I AM ⫴ 가아앙 주한!

"……뭐?"
"햐햫하하학! 아학! 학학하햫학!!!!"
출연진이 무너져 내리기 시작했다.

미련하게 널 찾고 있어
나의 날아간 작곡 파일 워어-

지난번 팬 카페에 올렸을 때보다 좀 더 절박하고 애절한
감정 표현이었다.
당연했다. 주한 형은 그때 날아간 파일을 복구하지 못했으
니까.
하필 저장 버튼을 누르자마자 오류가 떠서 고스란히 날아
간 탓에 주한 형은 저장 버튼 의심증까지 생긴 상황이다.

워우워어 나아안
미래의 저작권 KING인데
파일이 날아갔지/아아악!!!!

알고 보면 슬픈 노래인데 출연진은 자지러졌다. 바닥을 구르고 눈물을 흘리고 얼굴을 빨갛게 물들이며 웃었다. 그들 중엔 진성이도 있었고 이 곡의 작사가인 고유준도 있었다.

윤찬이는 웃지도 울지도 못하는 얼굴로 어중간하게 나와 주한 형 눈치를 보고 있었다.

난 입 모양으로 작게 말했다.

'웃고 싶으면 웃어.'

그제야 윤찬이는 고개를 숙인 채 웃었다.

난 그렇게 엄청 웃지는 못했다. 지난번 팬 카페에 올릴 음성을 녹음할 때도 그랬지만 타고나길 리액션이 적은 편이라 폭소하기보단 주한 형의 심정에 공감해 주기로 마음먹었다.

아예 아무것도 하지 않는 건 안 되니까 일단 손을 높게 들어 양쪽으로 흔들었다.

그러자 지벽산 선배님이 날 보며 눈물을 흘리셨다.

"아학! 학! 현우 씨는 뭐 하는 거야 하핳!"

같은 팀이고 이 곡의 작곡가인 나라도 일단 감격해야…….

내! 파일!!! 이이아!

주한 형이 한 파트 부를 때마다 넘어가는 출연자들, 내가 째려보자 눈치껏 웃음을 갈무리하고 곁에 와 함께 손을 잡고 흔드는 고유준.

꽤 괜찮은 분위기라고 생각했다.

"아아, 진짜 너무 웃겨……. 음악 잘하는 애들은 이러고 노는구나."

온정우 선배가 눈물을 닦으며 말했다.

"그 와중에 현우 씨랑 주한 씨는 끝까지 진지해서 더 웃겨."

"그런데 유준 씨는, 유준 씨도 곡 만든 당사자 아니에요?"

"예? 하핫!"

고유준이 민망한 웃음을 지으며 고개를 끄덕였다. 지벽산 선배님은 아까 자신의 곁에서 미친 웃음소리를 내며 열심히 뒹굴던 고유준을 떠올리는 듯했다.

"되게 열심히 웃던데?"

"그러니까요."

난 일부러 더 불만스러운 표정을 지으며 고자질했다.

"심지어 가사는 얘가 만들었는데."

"아니힉! 본인이 만든 가사로 그렇게 웃은 거야?"

"유준이 쟤도 옆에서 가만히 보면 보통은 아니야."

건석 선배님이 고유준을 가리키며 말했다.

"같은 팀이라고 좀 친해지고 싶어서 계속 지켜봤거든? 멤버한테 얼마나 장난을 많이 치는지."

"유준이가 원래 장난을 되게 좋아해요."

주한 형이 말하자 출연진이 의외라는 반응을 보였다.

"생긴 건 되게 쿨하게 생겼는데 그쵸? 그런 말 많이 듣죠?"

"첫인상 안 좋다는 말은 많이 들어요. 특히 쟤가."

고유준이 나를 콕 찝어 말했다.

뭐 어쩌라고. 난 쏟아지는 시선에 별거 아닌 것처럼 말했다.

"그래서 사이가 별로 안 좋았어요, 처음엔. 미치도록 싸우고 나니까 친해지더라고요."

"지금은 제일 친해요."

고유준이 씨익 웃으며 덧붙였다.

출연진은 각자 본인 팀에 들어온 크로노스 멤버들의 분량을 챙겨 주었다.

나와 고유준은 묶어서, 주한 형은 아까 보였던 뻔뻔함과 실제로 파일이 날아갔던 사연을, 윤찬이는 끝까지 참다가 결국 터진 웃음을, 진성이는 그 와중에 웃다가 그 덩치로 김도림 선배님을 깔아뭉갠 것으로 분량을 챙겨 갔다.

그리고 본격적인 게임이 시작되었다.

-그럼 방금 크로노스 여러분들이 보여 주셨던 공연의 분위기를 토대로 자유롭게 뮤직비디오를 촬영해 주시면 되겠습니다.

"장소는? 꼭 이 세트장 안에서 해야 하나요?"

-아니요. 장소는 자유입니다. 어딜 가셔도 상관없으니 마음껏 창의력을 뽐내 주세요. 자, 시작!

PD님의 시작 신호와 함께 출연진은 각 팀별로 모여 간단히 논의를 나누기 시작했다.

"어떻게 할까? 어디, 장소가 어디가 좋지?"

"곡 전체가 사실 되게 슬프잖아. 비 오는 거리를 거닐면서 막 그런 건 어때? 제목이 〈강주한〉이니까 당연히 주인공은 주한 씨로."

모두가 의견을 나누는 동안 난 잠시 생각해 봤다.

어떻게 해야 적절히 잘 만들 수 있을까.

애초에 이 곡은 정말 즉석으로 만든 곡이고 퀄리티가 그리 높지도 않아서 무작정 멋지게 뽑아내 봤자 딱히 재미는 없을 것이다.

애초에 시간이 없어서 퀄리티가 안 나올 것이고.

B급 감성엔 B급 영상으로.

스토리가 있는 곡이니 그래도 차차보다는 이것저것 뽑아내기 괜찮지 않을까.

가사도 우울하고, 무조건 밝은 콘셉트로 갈 차차와 대비되는 것이 좋을 테니 차라리 흑백 인생 느낌으로.

"현우 씨는 뭔가 의견 없어요?"

딱 좋은 타이밍에 나에게 질문이 돌아왔다.

난 조심스러운 자세로 의견을 어필했다.

"다큐멘터리 같은 컨셉은 어떨까요? 약간 B급 감성으로."

"다큐멘터리?"

"〈휴먼극장〉 같은 느낌으로 작곡 파일이 날아간 주한 형의 슬픔과 좌절…… 뭐 그런."

지벽산 선배님은 잠시 생각해 보더니 손뼉을 쳤다.

"괜찮네에! 야, 네가 말한 비 오는 거리 거니는 것보다 훨 좋다, 야."

"그러게? 괜찮다. 다큐 느낌."

"그리고 하나 더 의견이 있는데……."

"뭔데요? 말해 봐."

지벽산 선배님의 귀가 부담스러우리만치 가까이 다가왔다.

난 조금 떨어지며 말했다.

"이거, 〈강주한〉이라는 곡의 가사가 듣기만 해도 웃기긴 한데 텍스트로 보면 훨씬 더 웃기거든요."

애초에 가사 자체가 고유준이 나를 웃기려고 작정하고 만든 거라 텍스트 자체가 웃겼다.

워우워어 나아안
미래의 저작권 KING인데
파일이 날아갔지／아아악!!!!

라든가.

WOO- I AM Ⅲ 가아앙 주한!

등등이 토씨 하나 안 틀리고 발음 그대로 써 놓았던 터라 처음 가사를 봤을 땐 외계어나 옛날 인소를 그대로 따온 게 아닐까 했었다.

"그 텍스트를 자막으로 써서, 노래방 자막같이 말하는 대로 색깔 칠해지는 그런."

"오오……."

내 아이디어가 정말 좋은지는 모르겠지만 출연진은 딱히 떠오르는 생각이 없는 것과 내가 게스트임을 고려해 내 아이디어를 채용해 주었다.

"그럼 장소는 어디로 할까요? 어디가 좋지?"

"저희 회사는 어떠세요?"

"회사?"

주한 형이 고개를 끄덕였다.

"저희 회사에 작업실도 있고 꽤 촬영할 곳이 많을 듯합니다. 진짜 파일을 날려 먹은 곳도 회사 작업실이라 감정 몰입이 잘할 수 있을 것 같아요."

그러자 김도림 선배님이 제작진과 우리 수환 형을 보며 동의를 구했다.

"저희 YMM 가도 돼요?"

약간 쭈글하게 느껴지는 말투였다.

수환 형은 바로 고개를 끄덕인 후 휴대폰을 들고 바깥으로 나갔다.

일단 동의하고 뒤에 회사의 허락을 구하는 듯했다. YMM

이야 당연히 좋다고 할 것이다. 지금 당장 준비 중인 것도 없으니 소속 아티스트 방송을 위해 장소 협조 정도는 흔쾌히 해 줄 회사다.

"이야, 그럼 출발할까?"

촬영 진행이 스피드하게 이루어지자 출연진의 얼굴이 밝아졌다.

우린 곧바로 베짱이 팀에서 준비한 차를 타고 YMM으로 향했다.

듣자 하니 차차 팀은 우리랑 정반대로 고급스러운 〈붉망차〉 콘셉트로 가기로 한 모양이었다.

철저히 콘셉트를 숨기려 했는 듯한데 주한 형이 진성이를 집중 공략하고 지벽산 선배님이 건석 선배님을 떠보며 알아냈다.

그쪽 팀은 오페라하우스 하나를 통으로 섭외했다는 것 같다.

오페라하우스에서 차차라니. 상상할수록 웃겼다.

"일단 우리 쪽에 초반 대사 부분 있잖아요. 우리 저, 현우 씨랑 유준 씨랑 주고받고 하는 거."

"하나만 확실히 묻자. 현우야, 그거 곡에 포함된 부분 맞지?"

차에 타기 전 잠시 대화하며 말 편하게 하기로 한 김도림 선배님이 내 어깨에 손을 올리며 물었다.

난 고개를 끄덕였다.

"네, 맞아요. 원래 대사는 아니었고 그냥 대화였는데 어쩌다 보니."

올빼미 촬영 사전 회의할 때 즉석에서 대사로 정해졌다.

'웃길 거면 제대로 웃기는 게 좋지 않을까요……?'라며 의외로 윤찬이가 제안한 의견이었다.

"난 크로노스가 이렇게 웃긴 친구들인지 몰랐어. 아, 아까 너무 웃었더니 아직도 배가 당기네."

지벽산 선배님이 우릴 칭찬했고 바로 옆에 앉아 있던 나는 그저 쑥스럽게 웃으며 고개를 꾸벅였다.

"감사합니다."

"그나저나 그 내레이션 어떻게 하지? 유준 씨가 우리 팀에 없잖아."

온정우 선배님의 말에 지벽산 선배님이 별거 아닌 것처럼 말했다.

"네가 해."

"예? 제가요?"

"네가 해야지. 먼저 말 꺼낸 사람이 하는 거야, 이런 건."

"아이, 형님. 제가 유준 씨 역할을 어떻게 합니까? 저 욕먹습니다."

난 운전대를 잡은 지벽산 선배님 옆 조수석에 앉아 있어서 온정우 선배님 얼굴이 보이지 않는다.

"에이, 웃으면서 못한다고 그런다, 또. 좀 솔직하게 표현하라고~. 솔직히 어때?"

"아이, 아이."

"좋으면서~."

하지만 온정우 선배님을 최선을 다해 놀리는 중인 김도림 선배님의 목소리를 들어 보면 꽤 좋으신 모양이다.

"저 머리 벗겨져서 진짜 하면 욕먹어요. 고리님들 얼마나 무서운데."

몸을 틀어 뒤를 보자 온정우 선배님이 제 반질한 머리를 문질거리며 민망스레 말하고 있었다.

온정우 선배님은 연예계 대표 대머리 배우로 유명하다.

지벽산 선배님은 피식 웃으며 말했다.

"가발 쓰고 해. 조금 있다가 현우 씨랑 합 한번 맞춰 봐."

"잘 부탁드립니다, 선배님."

내가 말하자 온정우 선배님은 당황하다 고개를 끄덕였다.

"편하게 형이라고 불러요, 현우 씨."

화기애애한 대화가 이어졌다. 곧 멀리 YMM 사옥이 보이고 지벽산 선배님이 은근슬쩍 말했다.

"혹시 또 알아? 내가 또 YMM 촬영에서 기대하고 있는 게 있거든."

"기대하고 있는 거요?"

"YMM이잖아. 알뤼르가 또 거기 소속이냐."

"아, 그렇네? 그러고 보니 크로노스는 알뤼르랑 친해요?"

온정우 선배님이 물었고 주한 형이 대답했다.

"네, 친해요. 특히 저랑 현우는 연습생 기간이 길어서, 알뤼르 선배님과 연습생 시절도 같이 보냈고."

"어, 진짜? 연습생 시절이 같아? 꽤 데뷔 기간 차이 나지 않아? 신기하다 되게."

"오우, 친하면 더 좋네. 잘됐네."

도대체 뭐가요? 지벽산 선배의 말을 이해하지 못해 고개를 갸우뚱하며 바라보자 지벽산 선배님이 활짝 웃었다.

"얼마 전에 다원이랑 통화했었는데 걔네 요즘 활동 끝나서 논다더라고."

"설마 형님?"

"아니 운이 좋으면 거기 알뤼르 있을 수도 있잖아. 카메오 부탁할 수도 있고 뭐, 또 YMM에 그 친구도 있어. 도PD."

"도 PD님도 YMM이었어요?"

"네."

도 PD님도 예능에 자주 나오시는 준연예인이라서 꽤 이름이 알려져 있는 편이다.

난 이쯤에서 지벽산 선배님이 무슨 큰 그림을 그리고 계시는지 대충 알 것 같았다.

〈붉은 망토 차차〉 팀에서 고급스러운 세트장, 확신의 코스프레와 확신의 개그로 간다면 안정적으로 웃음을 줄 수 있다.

하지만 가사가 웃긴 것에 비해 슬픈 발라드로 텐션이 낮은 〈강주한〉은 솔직히 모험이고 웃길 수 있을지 잘 확신이 서지 않았다.

하지만 우리에겐 지벽산 선배님이 있다.

저쪽 팀이 확신의 웃음벨과 초호화 럭셔리 세트장을 들고 간다면, 우리 팀은 지벽산 선배님의 어마 무시한 인맥이 있었다.

"크로노스 성장 드라마를 만드는데 지금 멤버가 둘이니까 유준 씨는 정우가 맡고 윤찬 씨는 알뤼르가 맡고 그런 거. 크으, 좋잖아."

지벽산 선배님은 경쟁에서 이기기 위해 원대한 꿈을 꾸고 계셨다.

지벽산 선배님은 아마 뮤직비디오에 자신의 반가운 인맥들을 등장시키려는 모양이었다.

YMM은 활동 중인 아티스트가 매우 적은 편이지만 적어도 활동하고 있는 아티스트 중엔 크로노스를 제외하고 모르는 사람이 없었다.

알뤼르는 물론이고 영이 선생님, 건호 선배님에 도 PD님까지 적어도 한 번씩은 지벽산 선배님의 방송으로 신세를 진 사람들이라 확실하진 않아도 꽤 좋은 관계를 유지하고 있을 것이다.

"보자 보자, 지금 회사에 누가 있을까."

이미 크로노스와 베짱이 팀만의 뮤직비디오를 만들 생각은 없으신 듯해서 오히려 적극적으로 도와드리기로 했다.

"알뤼르 선배님께 연락해 볼까요?"

꽤 재밌는 그림이 나올 것도 같고, '아, 알뤼르까지 출연시키는 게 어딨어! 그럴 줄 알았으면 우리도 누구 불렀지!' 하는 상대 팀의 원성과 능글맞게 대처할 우리 팀 출연진의 대화가 벌써 들리는 것 같기도 했다.

지벽산 선배님은 전화해 보겠다는 말에 고개를 끄덕이면서도 다짐하듯 말했다.

"그래도 말이야. 내가 이리저리 데려오고 해도 주인공은 우리 주한 씨, 현우 씨야. 알고 있지?"

"네, 아, 물론이죠."

"한 3분 중 2분은 두 사람 얼굴 보이도록 막. 그런 거 있잖아. 크로노스가 주인공인 드라마에 우리 베짱이들이랑 YMM 식구들이 카메오로 탁! 등장하는 거지. 크으……."

자고로 예능은 예능 베테랑의 의견을 전적으로 따르는 거라고 배웠다.

웃음을 자아내는 데 특화된 사람들이니 이들을 따르면 반은 간다.

주한 형도 나와 같은 생각인지 잠자코 지벽산 선배님의 의견을 듣고 있었다.

난 모두가 보는 앞에서 휴대폰을 받아 다원 형에게 전화를 걸고 스피커 모드로 바꾼 뒤 마이크를 가져다 댔다.

활동이 끝난 알뤼르가 놀고 있다는 말은 정말인지 다원 형은 수신음이 흐른 지 얼마 되지 않아 곧바로 전화를 받았다.

─어, 현우. 무슨 일이야.

다원 형은 잔뜩 잠에 취한 목소리였다.

"아이고, 우리가 자는 걸 깨웠나 보네."

지벽산 선배님이 미안한 표정과 목소리로 말했고 난 그에 고개를 끄덕여 동조하며 입을 열었다.

"선배님, 주무시고 계셨어요?"

─……어?

다원 형은 뜬금없는 존댓말에 당황한 듯 잠시 말을 잇지 못했으나 눈치 빠르게 방송임을 눈치채고 목소리를 바꿨다.

잠에 취한 목소리가 순식간에 맑아졌다.

─지금 촬영 중이야?

"네에……. 〈베짱이 1호점〉 촬영 중이에요, 선배님."

─아아.

촬영 중임을 밝히자 갑자기 주변의 반응이 애매해졌다. 그제야 아차 싶었다.

왜 이렇게 촬영 중임을 빨리 이실직고했을까. 역시 나는 예능감이 없나 보다.

"현우 씨, 저 좀."

"아, 네."

지벽산 선배님이 나에게 손을 내밀었고 난 바로 전화기를 넘겨주었다.

"안녕하세요. 다원 씨~."

-아아, 누구지. 아, 지벽산 형님?

"어어, 다원아. 연락하자마자 미안하지만 지금 뭐 해?"

바로 얼마 전에도 통화했다고 말할 정도로 친분이 있는 사이인 만큼 두 사람의 대화가 스스럼없이 이어졌다.

"우리 지금 YMM에 와 있는데, 잠깐 나올래?"

-우리 회사에는 왜 오셨어요? 아이, 부르시면 가야죠. 거기 세연이도 있을 건데?

"어? 세연 씨도 있어? 세연 씨도 같이 출연해 주면 우린 너무 좋지."

-세연이한테 물어볼게요. 작업하고 있을 것 같은데. 아무튼 지금 바로 갈게요.

다원 형은 곧바로 촬영 텐션에 목소리를 맞추며 갑작스러운 섭외에 응해 주었다.

지벽산 선배님은 전화를 끊고 됐다며 해맑게 웃었다.

"이것 봐. 다원이는, 알뤼르 애들은 착해서 나와 준다니까."

"형, 톱스타 이렇게 오라 가라 해도 되는 거예요? 참 나."

"야! 나도 톱스타거든?"

전화가 끊기고 출연진은 또 투닥거리며 토크를 이어 나갔다.

얼마 지나지 않아 조금 피곤해 보이는 세연 형과 멀끔히 차려입은 다원 형이 이곳에 도착했다.

알뤼르가 등장하며 토크의 화제는 알뤼르의 근황으로 바뀌었다.

출연진은 소파 가운데에 다원 형과 세연 형을 앉혀 두고 간단한 근황과 출연 결심 이유 등을 물었고 이번 촬영 내용에 대해서도 간단히 설명해 주었다.

"그런데 알뤼르랑 크로노스, 사이는 어때요?"

지벽산 선배님이 진행을 주도하며 비교적 발언이 줄어들었던 출연진들은 틈틈이 끼어들어 그때그때 생각나는 질문을 했다.

김도림 선배의 질문에 다원 형이 고개를 끄덕였다.

"굉장히 사이좋아요. 특히 이 두 사람은 저희랑 연습생 시기도 겹쳐서."

"아아, 그러고 보니 아까 주한 씨가 말했었지. 그럼 주한 씨랑 현우 씨는 연습생 기간이 얼마나 길었다는 거야?"

온정우 선배님이 기함하며 묻자 주한 형이 나를 가리켰다.

"현우는 10년 했고 저는 8년 정도 했어요."

"헤엑, 엄청 오래…… 10년을 어떻게 해……."

"아마 역대 최장 연습생들일 거예요. 되게 쪼그만 때부터 했었으니까."

다원 형이 손을 무릎 아래로 내리며 쪼그마했던 나와 주한 형을 표현했다.

아무리 작아도 사람 무릎보다 작은 아홉 살은 없지 않을까 생각했다.

아니나 다를까, 김도림 선배님이 헛웃음을 치며 말했다.

"에이, 다원 씨 과장이 심하시네."

"근데 다원 형 말은 과장이긴 한데 진짜 작긴 했어요. 현우랑 주한이도 그때 초등학생이었어서."

"와, 초등학생 때부터 연습생 한 거야?"

알뤼르의 두 형들은 자연스럽게 토크의 중심을 나와 주한 형에게로 넘겨주었다.

난 고개를 끄덕이며 한마디 끼었었다.

"초등학생이고 제일 어리니까 당시 연습생 형들한테 귀여움 많이 받고 했어요."

"현우 같은 경우는 초등학교 졸업하기 전까지 저희가 학교 끝나면 데리러 가고, 애가 길을 잘 못 찾아서."

"거의 알뤼르가 키웠네, 그 정도면."

"주한이는 애 취급하지 말라고 박박 우겨서 그렇게까진 안 했지만, 아무튼 애기 때부터 봐서 지금도 기특한 마음으로 지켜보고 있습니다."

"저희가 거의 키웠죠."

세연 형이 당당하게 말했다. 참고로 세연 형은 내가 초등학교 졸업한 후에 들어와서 키우고 말고 할 게 없었다.

세연 형이 처음 들어왔을 때쯤 내가 기본적인 동작을 가르쳐 준 적은 있어도.

하지만 굳이 말할 필요 없는 것이니 그냥 고개만 끄덕였다.

어느 정도 토크가 끝나고 드디어 뮤직비디오 콘셉트를 어떻게 할 건지에 대한 의논이 시작되었다.

대부분의 아이디어는 지벽산 선배님의 머리에서 나왔다.

무조건 재밌게, 더 재밌게! 출연진의 아이디어 중 애매한 재밌음은 전부 기각시켰다.

지금까지 통과된 건 내가 말했던 B급 감성과 노래방 자막뿐.

그러자 아까부터 영 분량을 뽑아내지 못하고 있던 김도림 선배님이 다급하게 의견 하나를 냈다.

"대본은 제가 쓰겠습니다! 벽산 형님이랑 저랑 같이 쓰시죠."

"옥케이! 당연히 그래야지! 여러분, 조금만 기다려요. 우리가 굉장한 명대본을 써 올 테니까."

결국 지벽산 선배님이 유도한 건 이것이었다.

"내가 언제 이, 이 인기 많은 아이돌들을 데리고 내 마음대로 뮤직비디오를 찍어 보겠어?"

알뤼르와 크로노스를 최대한 예능스럽게 망가트리며 뮤비를 찍을 수 있도록, 콘셉트, 설정, 대본 등을 본인이 주도적으로 정하길 원했던 모양이다.

"어우, 기대하겠습니다. 선배님."

나와 주한 형은 냅다 고개를 끄덕이며 그렇게 하시라 했다.

어차피 예능에 출연한 이상 최대한 열심히 웃기려고 마음
먹고 왔다.

개그맨 출신 진행자가 써 주는 막장 대본에 응하는 것만큼
웃기는 게 어디 있겠나.

Chapter 13.
정규 1집 (9)

뮤직비디오의 시작은 내레이션이 아닌 하나의 상황극이었다.

"큐!"

직접 감독을 자처한 지벽산 선배님이 큐 사인을 넣자 오늘의 주인공, 주한 형이 제 머리를 부여잡았다.

잠시 빌린 도 PD님의 작업실.

"아아…… 안 돼."

주한 형이 자신의 머리카락을 헤집으며 괴로워했다.

"어떻게 만든 곡인데…… 아악…….."

–곡의 가사 그대로 파일을 날린 주한(머리를 부여잡고 괴로워한다)

주한 형은 지벽산 선배님이 즉석으로 만든 대본대로 착실히 연기하고 있었다.

음, 연기……인가?

다른 출연진과 알뤼르 형들은 주한 형이 연기를 잘한다며 추켜세웠지만 사실 연기보단 도중부터 정말 그때의 기억에 짜증이 난 것처럼 보였다.

아무튼.

"현우 씨, 준비해요."

"네, 선배님."

난 지벽산 선배님의 속삭임에 마주 속삭이고 앵글 안으로 들어갈 준비를 했다.

제작진이 나에게 과일 담긴 접시를 건네주었다.

내 할 일은 간단했다. 주한 형에게 이 접시를 전달하러 가려다 괴로워하는 모습을 목격하고 안타까워하기만 하면 됐다.

"현우 씨, 고! 고!"

지벽산 선배님의 지시에 작업실을 향해 걸었다.

"으으…… 날렸어……복구도 안 돼…….."

그리고 문 앞에 선 채 괴로워하는 주한 형을 걱정스럽게 바라보았다.

그러다 주한 형이 날 발견하지 못하도록 벽 뒤에 숨어 등을 기댄 채 작게 읊조린다.

"……주.한.형.을.위.로.할.방.법.뭐.없.을-."

"학! 컷! 잠깐, 잠깐만."

"예?"

팔을 위로 들어 엑스 자를 그리며 다급히 촬영을 중단시키는 지벽산 선배님의 목소리에 나는 깜짝 놀라 출연진을 둘러보았다.

"……."

다들 굉장히 당혹스러운 표정을 짓고 있었다. 내가 다 머쓱해질 정도였다.

"……크흡."

다원 형이 손등으로 입을 가리며 웃었고, 세연 형은 허리에 손을 짚은 채 웃음을 꾹 참으며 돌아섰다.

"왜……."

지벽산 선배님이 웃음기 가득한 얼굴로 다가와 내 어깨를 잡는 순간 나는 깨달았다.

"현우 씨, 내가 웬만해선 이런 말 잘 안 하는데."

지금 나에겐 윤찬이가 없다.

"연기 못해요?"

거침없이 묻는 선배님의 말에 제작진, 출연진 할 것 없이 모두가 호쾌하게 웃었다. 난 최대한 태연한 표정으로 미소지었다.

"……네에……."

아무리 아무렇지 않은 척하려 해도 눈동자가 떨리는 것만은 어쩔 수 없었다.

윤찬이가 없으면 아무도 내 연기를 커버 못한다. 난 춤추고 노래하는 것밖에 못한다.

윤찬이가 없으면 여기까지가 내 연기력의 한계였다.

"아유, 난, 몰랐네~. 크로노스도 역시 사람은 사람이다! 그래! 얼마나 귀여워요! 다 완벽한데 연기를 못해! 크으…… 이런 것도 있어야 인간미가 있고, 어?"

지벽산 선배님은 날 놀림거리로 삼으며 출연진으로 하여금 웃음을 자아내다 자상하게 말했다.

"편하게 해요, 편하게."

"예. 열심히 해 보겠습니다."

사실 아까도 열심히 한 거였는데.

'주한 형을 위로할 방법 뭐 없을까? 주한 형을 위로할……'

난 속으로 대사를 외워 보며 주위를 둘러보았다.

다원 형이랑 세연 형은 다 웃었는지 폰을 들어 학예회를 보는 어른처럼 내 모습을 찍고 있었고, 저 멀리 고유준 역을 맡은 온정우 선배님은 민머리에 가발을 얹고 계셨다.

그 모습을 보는 순간 발연기가 뭐 어떤가 하는 생각이 들었다.

마침내 재촬영이 시작되었고 큐 사인과 함께 난 대사를 읊었다.

"주한. 형.을. 위로……할. 방법. 뭐. 없.을.까."

잠시 후 컷 사인과 함께 다수의 폭소가 쏟아졌다.

'뭐 어때.'

또 너튜브에서 클립 영상이나 고리들의 개인 채널에서 한참 돌아다니겠지 뭐.

이미 차차 때부터 예능적 이미지는 글러먹었다. 포기하고 나중에 무대나 열심히 하기로 했다.

"현우야아~."

마주 앉은 상대는 비음을 섞어 간드러지게 내 이름을 불렀다.

"……."

난 그의 시선을 피해 허공을 바라보았다. 얼굴의 근육이, 특히 입가와 광대가 금방이라도 솟구칠 것처럼 씰룩거렸다.

참자. 감히 선배님을 보고 웃으면 안 돼.

하지만 상대는 능글능글하게 웃으며 내 얼굴을 감싸 자신을 보게 만들었다.

"흐읍."

"현우야아~ 왜 날 못 봐아? 왜 나를 피하는 거야아~."

"아, 아니에요……. 아니에요, 선배님."

미칠 것 같았다.

마주 보기가…… 솔직히 말해서 거리도, 얼굴도, 눈빛도 좀 많이 부담스럽고 무엇보다 대놓고 웃으라고 웃기고 있는 사람을 보며 웃음 참기가 힘들었다.

"현우야아~ 왜 서운하게 말을 높여?"

"예에?"

"평소처럼 다정하게 이름 불러 줘어~ 유준아~ 해 줘어~."

결국 난 웃음을 터트리고 말았다. 고유준은 절대 저런 목소리와 말투로 저런 말을 하지 않는다.

온정우 선배님이 고유준의 헤어스타일을 애매하게 재현한 가발을 쓴 채 고유준인 양 행동하고 있었다.

단순히 고유준이 나와 가장 친한 친구라는 말을 듣고 저러시는 듯한데 안타깝게도 실제 우리 사이와는 전혀 다른 방향으로 해석하셨다.

그래서 나도, 나와 고유준의 사이를 잘 아는 주한 형과 알뤼르 형들도 온정우 선배님의 행동 하나하나에 웃을 수밖에 없었다.

"아잉! 현우야아~ 우리 친구자나~ 맞지이~."

차마 두 눈 뜨고 못 봐 줄 애교를 부리며 나에게 몸통 박치기를 하셨는데 연예계 대표 0.1T 배우답게 한번 들이받을 때마다 내 몸은 절로 소파로 엎어졌다.

그런데도 웃음을 참을 수 없어서 그냥 소파에 엎어진 채 끅끅 울면서 웃었다.

왜 이렇게까지 웃긴지는 모르겠는데 그냥 온정우 선배님

의 배에 붙은 '고유준'이라는 이름 스티커가 너무 웃겼다.

"현우 씨 얼굴 빨개진 것 봐. 눈물까지 흘리고. 아유, 우리 정우 분장 솜씨에 얼마나 감동했으면!"

제작진까지 합세해 웃으며 화기애애한 분위기가 만들어지고 있을 때, PD님과 뮤비 제작에 대해 간단한 논의를 끝낸 지벽산 선배님이 앵글 안으로 들어오며 상황을 진정시켰다.

"자, 그럼 우리 사십 대 유준 씨도 모셨으니 다시 촬영 시작해 볼게요?"

지벽산 선배님이 소파에 엎어져 있던 내 등을 일으켜 세워 주었고 난 다시 온정우 선배님, 일명 사십 대 고유준을 마주해야 했다.

난 다시 입술을 잘근거렸다.

"현우야아~ 입술 깨물지 마~ 예쁜 입술 다치면 안 돼~."

"……예."

진짜 미칠 것 같았다.

아무튼, 이번에 찍을 장면은 주한 형이 괴로워하는 것을 본 내가 고유준에게 어떻게 하면 주한 형을 위로할 수 있을지 의논하는 장면이었다.

이 장면에 리얼리티를 원했던 지벽산 선배님은 보통 고유준은 이런 때에 어떻게 대답할지 물었다.

내가 온정우 선배님의 애교를 힘겹게 받아 주는 동안 주한 형이 대답했다.

"유준이는 어지간히 심각한 일이 아니면 진지한 대답은 안할 거예요. 진지할 때는 진지해도 보기와는 다르게 굉장히 장난스러운 친구라."

"아무리 생각해도 되게 의외라니까. 겉으로 보기엔 제일 묵직하고 조용할 것 같이 생겼는데. 유준 씨."

지벽산 선배님이 온정우 선배에게 눈짓했다.

"장난스럽게 대사 치는 거야, 정우야."

"옙."

온정우 선배님은 대답은 했지만 아까 전 나와 제작진을 능숙하게 웃기던 것에 비해 굉장히 곤란한 표정이었다.

고유준이 어떤 성격으로 어떤 대답을 할지 전혀 감을 잡지 못한 모양이었다.

난 온정우 선배님의 심정을 이해했다.

고유준은 단순히 착하다, 장난스럽다 등으로 설명하기 힘든 복잡한 녀석이라 겪지 않고서는 종잡을 수 없을 것이다.

"고유준이라면……."

내가 운을 떼자 도와줄 것을 눈치챈 온정우 선배님이 환하게 눈을 빛냈다.

난 정확히 고유준이 내놓을 만한 대사를 말했다.

"웃으면서 '나 좋은 방법 생각났어.' 이럴 것 같아요, 선배님."

"'나 좋은 방법 생각났어.'요?"

"네, 되게 기발한 아이디어가 생각난 것처럼 말해 놓고 귓속말로 '치킨 먹자' 이런 거 말할걸요."

"엥, 갑자기 치킨?"

개뜬금없어 보여도 명백한 사실이었다. 그것도 내가 실제로 몇 번이나 당했던.

긴가민가하던 온정우 선배님은 내가 진지하게 고개를 끄덕이자 얼떨결에 고개를 끄덕이며 말했다.

"그럼 제가 귓속말로 말할 테니까 현우 씨도 리얼하게 반응해 줘요."

"……리얼하게요?"

"오오, 정우 말 잘 꺼냈다. 맞아. 현우 씨도 연예계 선배라고 어려워하지 말고 진짜 유준 씨한테 하는 것처럼 거침없이. 부탁할게요."

너무 리얼하게는 조금 그런데.

"네, 알겠습니다!"

일단 대답해 놓고 어떻게 대응하는 것이 좋을지 고민했다.

이런 상황에 고유준의 대답이 어느 정도 정해져 있듯 고유준의 대답에 돌려줄 내 행동도 대체적으로 정해져 있다.

이런 경우 대체적으로 난 고유준의 멱살을 잡는다.

선배님의 멱살을 잡을 수는 없으니 어떻게 해야 할까.

죽는다?

죽고 싶냐?

뭐래? 어이없어?

하지만 이건 너무 형식적이고 무엇보다 '대사'다. 저것도 대사라고, 제대로 된 말투로 연기를 할 수 없을 것이다.

"현우 씨, 진짜 괜찮아요."

그런 나의 고민을 눈치챈 온정우 선배님이 재차 말했다.

"우스갯소리로 내 멱살을 잡아도 되니까 편하게 해요, 편하게. 하하."

"그래, 괜찮아, 현우 씨. 편하게 해요."

"아……."

"예능이니까 웃기는 게 제일이야. 현우 씨보다 어린 사람들한테 고무줄도 맞아 봤거든요. 괜찮아요."

조금이라도 날 편하게 해 주려 노력하는 온정우 선배님과 지벽산 선배님.

선배님들의 배려를 받아 난 잠시 고민하다 조심스레 말했다.

"감사합니다. 그럼 선배님, 원래 고유준한테 하던 대로……."

"해요, 해요."

아무래도 멱살을 잡고 헤드록에 걸리는 편이 좋을 듯하다.

촬영은 내가 고유준을 완벽하게 재연한 온정우 선배님의 멱살을 잡으면, 온정우 선배님이 씨익 웃으며 내게 헤드록을 걸어 고리들이 익히 아는 다툼처럼 끝이 났다.

걱정했던 것에 비해 굉장히 가볍고 예능적으로 마무리되었다.

오히려 지벽산 선배님이 더 과격해도 좋았겠다고 말하는
걸 보아 그냥 정말 리얼한 상황대로 내가 손을 깨무는 것까
지 완벽 재연하는 편이 나았을 것 같기도 하고.

아무튼 촬영은 순조롭게 진행되었다.

알뤼르 형들과의 촬영도 내내 형들의 장난을 받아 줘야 했
지만 다들 웃으며 재밌어하는 분위기였다.

"형~ 업어 줘요~. 나 나이가 드니까 관절이 아파요, 형~."

"아이, 선배님."

"형~ 진성이 업어 줘요~."

알뤼르 형들은 윤찬이와 진성이 이름표를 큼지막하게 붙
인 상태로 촬영 내내 나를 형이라고 불렀고 별별 애드리브를
다쳤다.

세연 형은 진성이라면 업히는 게 아니라 업었을 거라고 나
를 업고 돌아다녔고, 다윈 형은 멤버들에게 보여 줄 거라며
카메라 앞에서 그 모습을 동영상으로 찍었다.

"현우야, 여기 봐~. 이야, 이거 투칸이 좋아하겠다. 손 흔
들어~."

"허……."

이 나이 먹고 또 형들한테 업힐 거라곤 생각 못 했는데. 고
쳐 업히며 몰려오는 현타를 뒤로하고 진심 쪽팔려서 도망치
고 싶었다.

심지어 이렇게 되면 윤찬이도, 진성이도 아닌 그냥 알뤼르

의 다원과 세연이잖아.

도대체 이 뮤직비디오는 어디까지 산으로 가는 건지 모르겠다.

마지막 촬영은 주한 형이 노래를 부르는 장면이었다.

지벽산 선배님은 그 짧은 사이 우리에 대해 몇 가지를 찾아보셨는지 고리여야만 알 수 있는 일화들을 마지막 장면에 집어넣었다.

라이브 스트리밍 투표인 만큼 기존 시청자 외에도 몰려올 고리들을 타깃으로한 팬서비스라고 했다.

예를 들면 주한 형이 한을 풀어내듯 〈강주한〉을 부르자 윤찬이와 진성이 역할을 맡은 알뤼르 두 사람이 소파에 나란히 앉아 호응해 주었다.

"우리 주한이 잘한다!"

"멋있다!"

"그거 다 부르면 이제 날아간 파일 돌아오는 거야!"

찰칵, 찰칵-.

호응하며 주한 형을 휴대폰 카메라로 담는 모습이 정말 재롱 잔치를 보는 학부모와 같은 모습이었다.

사십 대 고유준(온정우) 님은 제가 작사한 노래를 부르는 주한 형을 흐뭇하게 쳐다보는 역할.

주변의 성화에 못 이겨 카메오로 등장한 우리의 매니저 수환 형이 고리들이 가장 가지고 싶은 물건 1위로 뽑힌 자신의 휴대폰으로 주한 형을 촬영하고 슬그머니 앵글 밖으로 빠져나오는 장면을 찍었다.

그리고 나는.

"하아."

내 눈앞엔 변기가 있다.

예전 크로노스 제1회 회의에서 풀어내며 유명해진 일화 중 주한 형이 처음으로 파일을 날리고 트로트를 불렀다던 일화가 있었다.

주한 형이 트로트를 부르고 고유준이 춤을 추다 변기를 부순 사건.

지벽산 선배님은 나와 고유준의 싸움에 이어 이것도 재연하고 싶어 하셨다.

그리고 지금, 고유준이 없기에 변기 막춤을 재연하는 임무는 나에게 맡겨졌다.

정말 이 뮤직비디오는 어떤 길로 향하고 있는 걸까.

얼마나 막장으로 흘러가는 스토리인 걸까.

걱정하는 출연진과는 달리 지벽산 선배님은 몹시 만족하고 있었으므로 결과물이 굉장히 걱정되었다.

알뤼르 어부바 때부터 수치심을 견디지 못한 나는 그냥 다시 영혼을 놔 버리기로 했다.

인생에 쉬운 일이 어디 있겠는가.

지금의 나는 예능인 서현우다.

'나는 고유준이다. 나는 고유준이다.'

세뇌하며.

"음악 큐!"

정신을 놓고 음악에 몸을 맡겼다.

띠롱~.

"귀여워."

놀림으로 가득한 목소리와 함께 다원 형이 동영상을 촬영하는 소리가 들려왔다.

〈베짱이 1호점〉의 라이브 스트리밍 소식은 이미 며칠 전부터 너튜브 베짱이 1호점 공식 채널 커뮤니티란에 공지되어 있었다.

예능 촬영을 위한 스트리밍이라 홍보에 힘쓰진 않았지만 크로노스의 출연 자체만으로도 홍보 수단은 충분했다.

라이브 시작 15분 전부터 대기 화면과 함께 올라온 생방송 링크에 수많은 시청자들이 몰렸다.

−이거 언제 시작해요?

−ㅠㅠㅠㅠ빨리……ㅜㅜ

−ㅋㅋㅋ채팅창 이렇게 빨리 올라가는거 첨봄;;

-여러분 크로노스 정규 1집 환상령 많이 사랑해 주세요~

-와 지금 심장 터질 것같다……빨리 좀ㅜ

-10분!!!!!!!

방송 시간만 공지되었을 뿐 모든 것이 비밀이었기에 채팅창은 기대와 설렘, 그리고 당황스러움과 궁금증으로 가득했다.

그리고 곧 예고했던 시간이 되었다.

대기 화면이 서서히 사라지고 화면엔 세트장 안에서 옹기종기 섞여 앉아 있는 크로노스와 베짱이 식구들이 긴장한 표정으로 정면을 바라보고 있었다.

"안녕하세요. 시청자 여러분! 이렇게 생방송으로 찾아뵙는 건 참 오랜만이죠?"

지벽산이 시청자들을 향해 반갑게 운을 뗐다.

"오늘의 저희가 크로노스와 함께 여러분과 소통할 시간을 마련해 보았습니다."

"와, 채팅창 올라가는 속도 봐."

"역시 크로노스 인기 대단해."

생방송이 시작되자 읽기 힘들 정도로 채팅창이 올라왔다.

〈베짱이 1호점〉의 생방송 라이브는 원래도 인기가 있던 편이지만 최근 가장 화력 좋다는 크로노스의 위력은 역시 달랐다.

출연진이 감탄하며 채팅창에 대한 감탄사를 연발할 때 지벽산은 하하, 가볍게 웃음으로 대꾸한 뒤 곧바로 진행을 이었다.

"오늘 저희가 여러분을 라이브로 찾아온 이유는요. 저희 오늘 주제 때문이죠, PD님?"

지벽산이 PD에게 멘트를 넘겼고, PD는 곧바로 오늘의 게임 규칙에 대해서 설명했다.

"그런고로 지금부터 시청자 여러분들께선 각자 팀이 촬영하고 편집한 뮤직비디오를 보게 될 건데요. 둘 중 더 마음에 든 뮤직비디오에, 아래의 링크를 타고 들어가 투표해 주시면 되겠습니다."

"자, 그럼 각자 주제가 뭐였는지 먼저 보여 드리도록 할까요?"

"하나, 둘, 셋 하면 동시에 보이는 것으로."

베짱이 식구들은 잠시 긴장하는 듯했지만 역시나 곧바로 적응하고 지벽산의 진행을 도왔다.

"현우랑 윤찬이가 나가서 주제 한번, 그."

"아, 넵!"

딱 봐도 제일 굳어 긴장하고 있는 박윤찬과 상대적으로 편안해 보이지만 시청자와도 낯가리는 서현우가 대표로 주제가 적힌 종이를 들고 앞으로 나섰다.

　　─ㅋㅋㅋㅋㅋㅋㅋㅋㅋ낯가림 어쩔거약ㅋㅋㅋㅋ

-화면을 뚫고 나오는 어색함ㅋㅋㅋㅋ

-근데 뮤비를 촬영시간 동안 만들 수 있나?

-ㅋㅋㅋㅋㅋㅋㅋㅋ둘다 너무 귀엽다ㅜㅜㅜ

-님들 링크 어딨어요?

두 사람의 긴장을 풀어 주듯 고리들의 따뜻한 채팅이 계속
해서 올라왔지만 역시나 굉장히 빠르고 무엇보다 카메라를
보고 있는 두 사람에겐 보이지 않았다.

"그럼 주제를 발표해 볼까요?"

"하나, 둘, 셋!"

출연진이 입을 모아 숫자를 세고 그에 맞춰 두 사람이 각
팀의 주제를 공개했다.

〈강주한〉과 〈붉은 망토 차차〉.

-?

-???

-ㅋㅋㅋㅋㅋ내가 지금 뭘 보고 있는거지

-차차 미친ㅋㅋㅋㅋㅋㅋㅋㅋㅋㅋ

-ㅋㅋㅋㅋㅋㅋㅋㅋㅋㅋㅋㅋㅋㅋ

-주제 뭐임

-강주한이 여기서……?

"네, 이번 주제는 게스트인 크로노스에게 연관된 곡들을 꼽아 봤는데요."

–ㅋㅋㅋㅋㅋㅋㅋㅋ저건;;
–크로노스 흑역사 곡만 모았네ㅋㅋㅋㅋㅋ
–강주한은 뭐임?
–크로노스 리더인데 곡이름임
–차찰ㅋㅋㅋㅋㅋㅋㅋㅋㅋㅋ

모두 당황스러움을 담아 'ㅋㅋㅋ'를 연달아 쳤다. 둘 다 웃음을 자아내는 곡들이었지만 고리, 일반인 할 것 없이 상대적으로 반응이 많은 건 역시 〈붉은 망토 차차〉였다.
팬 카페에서만 공개된 〈강주한〉과는 달리 〈붉은 망토 차차〉는 유넷의 미친 홍보와 썸네일 캐리 등을 통해 한번씩은 봤거나 보지 않았어도 대충 어떤 이유로 유명하다는 건 알고 있는 사람들이 많았다.
크로노스의 흑역사로도 불리고, 크로노스를 처음으로 대중에게 각인시킨 희대의 역전곡으로도 불렸다.
물론 우스갯소리로 놀리려는 의도가 다분한 수식어였지만.

–강주한ㅋㅋㅋㅋㅋㅋㅋ
–내가 여기서 저걸 볼줄은ㅋㅋㅋㅋㅋㅋ

–주한앜ㅋㅋㅋㅋㅋㅋㅋㅋ

–붉망차에 강주한이라니……

일명 머글(팬이 아닌 사람)들은 붉망차에 웃었고, 고리들은 〈강주한〉에 웃었다.

어쨌든 시청자들은 고리들의 반응을 보며 〈붉은 망토 차차〉 못지않게 〈강주한〉도 참 웃긴 곡이겠구나 유추할 수 있었다.

"어유, 반응이 좋네요."

"거봐요. 내가 〈붉은 망토 차차〉 유명하댔잖아요."

"그렇네. 이렇게까지 반응 좋을 거라곤 상상도 못 했네. 그럼 이제 슬슬."

서현우와 박윤찬이 자신의 자리로 들어가고 지벽산도 슬슬 멘트를 마무리하고 있었다.

"저희가 찍은 뮤직비디오를 한번 감상해 볼까요?"

"이거 먼저 선보이는 팀이 유리한 거 아닙니까?"

"투표는 지금부터 시작이에요? 다 끝나고 투표하는 거면 뒤에 하는 게 더 유리하지."

출연진은 선이 좋은가 후가 좋은가 열띤 논의를 하다 다 끝나고 투표할 거라는 PD의 말에 뒷순서를 두고 가위바위보를 하기 시작했다.

그때도 고리들의 시선은 오로지 크로노스에게로 향해 있

었다.

아이돌계의 인싸로 나날이 거듭나고 있는 고유준과 이진성은 소매까지 걷어붙이고 가위바위보 경쟁에 참여했다.

"선배님, 저는 주먹을 내는 게 어떨까~."

"주한이 네가 할래? 시청자들은 주한이가 하는 걸 더 좋아할 거야."

강주한은 어느새 친해진 대선배 온정우의 곁에 딱 붙어 활짝 웃었다.

"그럼 그럴까요?"

바라던 바였는지 냉큼 기회를 가져가려는 강주한을 서현우가 붙잡았다.

"형……."

그러더니 한참 낯가리며 어색해하던 표정은 온데간데없이 헤실헤실하게 웃으며 말했다.

"내가 하면 안 될까?"

"……그럴래?"

서현우의 웃음에 완전히 넘어간 강주한이 곧바로 기회를 양보했다.

그 모습을 본 고리들의 반응은 폭발적이었다. 서현우는 원래 멤버 앞에선 저렇게 귀여운 걸까.

분명 라이브가 끝난 뒤 커뮤니티 등에 보정 움짤로 돌아다닐 것 같은 살랑 예쁜 미소였다.

고리 앞에서도 비교적 조용하고 표정 변화나 말수가 현저히 적던 서현우가 아니었던가.

조용한 자상함과 애정, 어른스러움, 그러나 가끔 나오는 누가 고유준 친구 아니랄까 봐…… 같은 모습이 서현우의 패시브 이미지였다.

고리들은 좋다고 넘어간 강주한과 생글거리는 서현우를 보다 문득 떠올렸다.

"가장 애교 많은 멤버요? 현우요."

예전 큐앱에서 무심하게 툭 내뱉었던 강주한의 말은 멤버들의 말처럼 농담이 아니라 어쩌면 진심이었을 수도.

한편 서현우는 안도의 한숨의 내뱉었다. 그러곤 영문 모르는 온정우에게 속삭였다.

"주한…… 형이 가위바위보가 약해요."

강주한은 이따금 자신이 운발로 승부하는 모든 게임에 약하다는 걸 까먹을 때가 있었다.

'이런 중요한 싸움에 주한 형을 출전시킬 순 없지.'

결코 서현우의 과몰입이 아니었다.

게임에서 이기면 상금이 무려 100만 원이다.

"그쪽 팀, 〈강주한〉 팀 준비되셨습니까?"

"네!"

상대 팀에선 주소담이 대표로 나왔고, 가위바위보는 아주 쉽게 서현우가 이기며 결론이 났다.

"와, 소담이가 가위바위보 지는 경우 잘 없는데!"

건석이 말했고.

"저희 멤버 중 가위바위보를 가장 잘하는 멤버예요, 서현우가."

고유준이 대답했다.

"저희는 두 번째 순서로 가겠습니다."

서현우가 순서를 말했고, 이내 주소담 팀이 곧 공개될 뮤직비디오에 대한 간단한 소개를 했다.

"저희 〈붉은 망토 차차〉는 다들 굉장히 웃길 거라고 예상하셨겠지만 이번엔 고급스러운 컨셉으로 한번 제작해 봤습니다."

〈붉은 망토 차차〉로 고급스러움이 되나.

주소담의 설명을 듣는 시청자들의 머릿속엔 '마법의 펜던트우어억'만이 맴돌고 있을 뿐이었다.

크로노스 대표 B급 컨셉곡, 원곡도 어린이 애니메이션 OST으로 상당히 귀엽고 통통 튀는 동요 느낌의 곡이었다.

고급스러워지면 얼마나 고급스러워질까.

"에이, 〈붉은 망토 차차〉를? 너무 억지 컨셉이다~."

김도림을 비롯한 출연진도 그렇게 생각했는지 말도 안 된다며 고개를 내저었다.

주소담은 씨익 웃으며 화면에 손바닥을 펼쳐 보였다.
"일단 보시죠."

-고급스러운 차차너무하네ㅋㅋㅋㅋㅋㅋㅋ

-혼란스럽다······ㅋㅋㅋ

-나름 괜찮을거 같기도?

-오 시작한다

-이제 큰일남;; 차차가 개그, 박력에 이어 고급스러움까지 씹어먹게
생김;;

주소담의 말과 함께 화면이 서서히 검어지고 곧 주소담 팀
의 뮤직비디오가 흘러나왔다.

그렇게 나온 첫 장면은.

또각, 또각, 또각-.

-???

-분위기 뭐임?

-??????

-방금 찍었다며······걍 뮤비인데?

-색감미쳤음

색감이 또렷한 화면, 조명으로 가득한 무대 위로 하이힐을

신은 여자의 발이 당당하게 걸어 들어오고 있었다.

  -여기 붉망차 나올 구석 있음?

  누군가의 채팅대로 〈붉은 망토 차차〉는 전혀 생각나지 않는 진지함, 그리고 세련된 영상미였다.
  하이힐을 신은 여자는 무대의 가운데에 멈춰 섰다.
  화면은 여자의 발에서 살짝 멀어지더니 이내 서서히 올라가며 누군가의 정체를 보여 주었다.
  다들 예상했다시피 주소담이었다.

  -와 언니……
  -어휴 미모 봐 미친다 진짜……
  -와씨
  -방송 끝나면 꼭 뮤비 올려 줘라 안올리면 법적 조치 하겠습니다
  -ㅋㅋㅋㅋㅋㅋㅋㅋㅋㅋㅋ쓸데없이 진지하네 채팅..예쁘긴 전나 예쁨

  연분홍 정장 바지와 재킷, 와이셔츠에 한 갈래로 묶은 헤어스타일의 주소담은 재벌 드라마 속 대표 캐릭터를 연상케 할 만큼 주소담 특유의 고급스러운 이미지를 뽐냈다.

  -소담언니 본업도 가끔 해 주세요ㅜㅜ 이 미모를 예능에서만 볼 수

업서 진짜······

오페라하우스의 조명을 받으며 텅 빈 객석을 보던 주소담
이 손에 쥔 바이올린을 들어 올려 연주할 준비를 했다.

늘 특기로 내세우면서도 연주할 수 있는 곡이 한정되어 있
어 예능에선 웃음 요소로밖에 쓰이지 않던 바이올린이었다.

시청자들이 감탄하는 만큼 영상 뒤 출연진의 반응도 궁금
해지는 시점이다. 출연진의 리액션은 본방송에서나 볼 수 있
을 테지.

주소담의 연주가 시작되었다.

늘 같은 곡만 연주한다고 베짱이 식구들이 놀려 대던 그
곡이었다.

－ㅋㅋㅋㅋㅋㅋ멋지게 등장했지만 연구하는 곡은 캐논ㅋㅋㅋㅋㅋㅋ
ㅋㅋㅋ

－ㅋㅋㅋㅋㅋㅋㅋㅋ소또캐(소담 또 캐논)

분명 좋은 곡임에도 불구하고 베짱이 시청자들의 웃음벨
격인 곡이라 채팅창은 금방 웃음으로 가득해졌다.

고급스러움과 함께 웃음까지 확실히 챙긴 주소담. 그때 그
녀의 곁으로 또 하나의 구두굽 소리가 들렸다.

이번엔 조금 더 묵직한 발소리. 주소담의 연주가 멈췄다.

그리고 화면은 전환되어 이번엔 남자의 발을 비췄다.

또각, 또각-.

화면은 조용한 무대 위로 걸어 나오는 남자의 다리를 타고 올라갔다.

세련된 정장 차림의 남자.

고유준이었다.

-와 ㅅㅂ 진짜 정직하게 존나 잘생겼네

-나 유준이한테 쌓인 내적친분 무너짐 방금..

-세상에……

-크로노스 잘생겼네요^^ 이 분은 이름 뭐임?

-우리 둘째 차차 고유준입니다!

-정장은 너무했지……이거 맨눈으로 봐도 되는거임? 너무 눈부셔ㅠ
ㅠㅠ

-그럼 안경끼고 보세여

이 뮤직비디오의 모든 연출을 맡은 주소담은 고유준의 외적인 이미지 캐치를 매우 잘해 냈다.

고유준은 웃음기 하나 없이 주소담을 바라보며 다가오다 인상을 찌푸리며 시선을 피했다.

그러곤 뒤쪽에 위치한 피아노를 쓸다 털썩, 의자에 앉아 건반에 손을 올렸다.

누군가가 말했다.

-???차차 맞음 이거???
-차차 각 전혀 안나오는데……
-차차보단 평범히 잘나온 뮤비나 영화보는 느낌인데요ㅋㅋㅋ
-유준이 피아노 치는 줄 몰랐음;;

그렇게 모두들 특유의 영상미와 고급스러운 두 사람의 비주얼에 감탄하며 빠져들고 있을 때쯤, 두 사람의 합주가 시작되었다.

피아노와 바이올린.

손끝에서 나오는 멜로디는, 어찌 보면 당연한 〈붉은 망토 차차〉였다.

시청자들의 몰입이 순식간에 깨지는 순간이었다.

클래식하게 울려 퍼지는 〈붉은 망토 차차〉의 아름다운 선율.

주소담과 고유준의 합주는 비주얼적으로 굉장히 좋았지만 뭐라고 해야 할까.

-이게 ㅔ뭔ㅋㅋㅋㅋㅋㅋㅋㅋㅋㅋ
-여러분! 소리 끄고 봐보세요!

이 곡이 차차 OST라는 것을 몰랐으면 안 웃겼을까? 아니,

곡의 멜로디 자체가 '똥띠롱 또롱띠롱~ 때롱~'이라 아무리 좋게 들어도 지금의 분위기와는 영 어울리지 않았다.

더구나 주소담과 고유준은 정장 차림이 아닌가.

정장 차림으로 '똥띠롱 또롱띠롱~ 때롱~.'을 연주하고 있는 것이다. 안 웃을 수가 없었다.

  -영상퀄은 지리는데???

  -주소담 연주리스트 늘었네

  -이게 뭔뎈ㅋㅋㅋㅋㅋㅋㅋㅋ

  -유준이 피아노 치는 거 감상하고 싶은데 집중이 안되넼ㅋㅋㅋㅋㅋ

  -왜 저렇게 진지하냐곸ㅋㅋㅋㅋㅋ

이미 처음의 몰입감은 깨져 버렸다. 그러나 반전으로 웃음을 줄 생각이었다면 성공했다.

시청자들은 전혀 어울리지 않는 영상과 음악의 조합을 즐거워했고 채팅창의 화력 또한 최고조로 뜨거웠다.

그때, 단둘만의 고풍스러운 합주 무대 위로 여럿의 실루엣들이 등장했다.

포커스가 나간 화면 속 화사하고 고급스러운 색감과 함께 빨간 단화들이 하나둘씩 올라오고 있었다.

빨간 단화 위로 보이는 장딴지와 흰 니삭스.

-완벽-

-ㅋㅋㅋㅋㅋㅋㅋㅋㅋㅋㅋㅋㅋㅋㅋㅋㅋ누가봐도 차차

-코스프레 지리넼ㅋㅋㅋㅋㅋㅋ

-ㅋㅋㅋ그와중에 건석 장딴지 근육 무슨 일??ㅋㅋㅋ

누가 봐도 차차 코스프레를 한 모양새였다.

위풍당당하게 등장하는 그들의 풀샷이 화면에 담겼다.

채팅창은 무서운 기세로 올라갔다.

어른 차차를 맡았었던 박윤찬과 이전엔 차차의 동료 코스프레를 했던 이진성 또한 오늘은 붉은 망토를 뒤집어쓰고 있었다.

-아니 대한민국 탑 아이돌한테 뭘 시키는 거얔ㅋㅋㅋㅋㅋㅋㅋ

걸어 나온 차차들이 무대 중앙에 위치했다. 세 명의 차차, 그 중심엔 비장한 표정이지만 곧 울 것처럼 울먹거리는 박윤찬이 있었다.

-오오

-아니 윤찬앜ㅋㅋㅋㅋㅋㅋㅋㅋㅋㅋㅋ

-이제 좀 질린다 차차어쩌고에 진심인 척 오지는거;

-ㅋㅋㅋㅋㅋㅋ너무 귀여웤ㅋㅋㅋㅋㅋㅋㅋ

-아ㅋㅋㅋㅋㅋㅋ

-질리면 안보면 되지 꼭 찾아와서 ㅈㄹㅈㄹ~

-아이돌 보려고 보는게 아니니까 그렇죠……누가 크로노스분들 보려고 보나요? 베짱이 식구들 보러 오는 거지;;

트집까지 잡아 가며 불만을 표출하는 채팅들은 악플 축에도 못 끼니 무시하고, 고리들은 진심으로 비장한 윤찬이에게 집중했다.

서 있는 위치를 보아하니 박윤찬이 처음으로 댄스브레이크의 센터를 맡은 것 같았기 때문이다.

범디기범디기범범디기디기디기차차범디기……

낮게 범디기를 속삭이는 고유준의 목소리.

그리고 정말로 고리들의 예상대로 박윤찬이 센터에 선 채 댄스브레이크가 시작되었다.

오디션 당시 극적인 반전을 위해 택한, 굉장히 난이도 있는 댄스브레이크였지만 그로부터 1년하고도 반이 지난 지금, 박윤찬은 발전했다.

비록 조금 버거워 보이고 조금 덜 유연해 보이긴 해도 댄스 구멍 소리를 듣던 그때와 달리 정석대로 박자를 딱딱 맞추며 무난히 소화해 나갔다.

크로노스의 댄스 난이도가 차차를 처음 했을 때보다 올라가며 박윤찬 또한 그에 익숙해진 덕도 있고, 무엇보다 그 역시 크로노스.

어딘가에선 크로노스 내의 뚝딱이(춤을 못 추는 아이돌을 일컫는 용어)라고 욕을 먹어도 뒤에 선 건석과 비교하면 굉장히 잘 추는 편이었다.

한편 댄스브레이크의 웃음벨은 건석이었다.

건석은 빠른 댄스브레이크를 단 5분 만에 대충 외워 따라 추는지라 유독 혼자만 눈에 튀었다.

손, 팔, 다리, 허리, 고개 전부 뻣뻣하고 흐느적거리며 움직여서 후반부는 반쯤 포기하고 자신만의 독창적인 안무를 개척해 나갔다.

거기에 신나서 가발은 덜렁 치마는 쉴 새 없이 훌렁거리는 이진성, 뒤에서 흐뭇한 표정으로 여전히 합주 중인 고유준과 주소담까지.

환상의 밸런스가 아닌가.

기가 막히는 언밸런스.

-ㅋㅋㅋㅋㅋㅋㅋㅋ

-그 와중에 색감 예뻐서 킹받넼ㅋㅋㅋㅋㅋㅋ

-님들 이거 나중에 영상 올라오나요?

-킬포는 할아버지가 손주보듯 자비롭게 미소짓고 있는 고유준 아닌

갘ㅋㅋㅋㅋㅋ

　ㅡ뭔데 뒤에 악기 담당들은 흐뭇해하는뎈ㅋㅋㅋㅋ

　ㅡ피아노:고유준, 꽃사슴센터:박윤찬, 치마 뒤집힌 애:이진성 많이 사랑해 주세요!!!!

　주소담은 뮤직비디오에 굉장한 공을 들였다. 그러나 시간이 굉장히 부족했던 만큼 많은 장면을 넣지는 못했다.

　그럼에도 음악은 〈붉은 망토 차차〉, 컨셉은 오케스트라 or 오페라, 주인공은 차차 삼총사, 분위기는 가족 영화 속 훈훈함 등으로 구성되어 일명 병맛더빙을 보는 것과 같은 원초적인 웃음을 자아내며 뮤직비디오를 마무리했다.

　뮤직비디오가 끝난 뒤 잠시 화면이 검어지고 다시 세트장의 출연진이 보였다.

　"넵! 〈붉은 망토 차차〉 뮤직비디오를 보셨는데요. 다들 어떠셨어요?"

　"아! 생각보다 덜 웃겨서 아쉬워."

　주소담이 바닥을 치며 소리쳤다.

　현장의 분위기는 훨씬 웃겼다. 특히 건석의 활약과 이진성의 치마, 가발 벗어덩이 그렇게나 웃겼는데 편집 팀은 그것보단 박윤찬을 포커스로 뒀다.

　사전 확인을 못 하게 하니 주소담이 예상한 것보다 훨씬 덜 재밌게 나와 버렸다.

물론 충분히 반응은 좋았지만서도.

베짱이 출연진이 토크를 이어 나가는 동안 서현우는 박윤찬을 바라보았다.

박윤찬은 처음으로 댄스브레이크를 리드해 본 터라 굉장히 걱정스럽게 채팅창을 살피고 있었다.

그러다 서로 눈이 마주치자 서현우는 잘했다며 입 모양으로 말했다.

반면 강주한은 박윤찬이 춤을 추기 시작할 때부터 엎어져 웃다가 울고 있었다.

"어우, 유준 씨, 굉장히 잘생겼더라. 원래 잘생긴 건 알고 있었는데 정장 딱 입으니까, 이야."

"아니 주한 씨, 너무 웃는 거 아니야?"

"유준 씨, 원래 피아노 칠 줄 알았냐고 물으시는데?"

"아, 저 예전에 조금 배웠어요. 그냥 연습실에 있는 피아노로 진짜 조금."

지벽산은 출연진에게 골고루 질문을 던지고 시청자들에게도 감상이 어땠는지 물었다.

그리고 드디어 〈강주한〉 팀 뮤직비디오를 공개할 때가 되었다.

"자, 다음은 우리 팀, 〈강주한〉이라는 곡으로 뮤직비디오를 만들었는데요. 어땠어요?"

지벽산이 자신의 팀을 보며 묻자 김도림이 대답했다.

"곡 가사가 굉장히 재밌고 드라마틱해요."

강주한이 고개를 끄덕이며 말을 덧붙였다.

"이게 저희 팬 카페에서만 공개된 곡이라 모르시는 분들이 많으실 것 같은데 부디 가볍게 들어 주셨으면 좋겠습니다."

"현우 씨가 뮤직비디오에 대해 간단히 설명해 주시겠어요?"

"네!"

서현우는 제 품에 안고 있던 펭귄 인형 머리에 손을 얹어 쓰다듬으며 말했다.

"이번 〈강주한〉 뮤직비디오는 약간 뮤지컬 드라마 형식으로 만들어 보았습니다."

-강주한 무슨 곡인지 지금 듣고 있는뎈ㅋㅋㅋㅋ개웃김

-헐 뮤지컬 드라마 기대된다

-ㅜㅜㅜ펭귄 안고 있는 거 너무 귀엽다 진짜ㅜㅜㅠ

-님들 이거 나중에 영상 올라오나요?

-아 올라온다고요;; 그만 좀……

-강주한이 부르는 강주한이라니……

-ㅋㅋㅋㅋㅋㅋ주한이 아직도 웃음소리 들렼ㅋㅋㅋ

화면엔 나오지 않지만 서현우가 콘셉트에 대해 설명하는 동안에도 강주한의 꺽꺽거리는 웃음소리가 작게 들려왔다.

어지간히도 멤버들의 연기가 웃겼던 모양이다.

고리들은 기대했다.

〈붉은 망토 차차〉만 봐도 슈트 차림으로 무려 피아노를 치는 고유준에 센터에서 춤추는 박윤찬을 볼 수 있었다.

고리들은 고유준이 피아노를 칠 수 있다는 것도 오늘 처음 알았다.

이것만 해도 이렇게나 많은 면모를 볼 수 있었는데 〈강주한〉은 또 얼마나 보는 맛이 있을지.

"그럼 한번 볼까요? 지벽산 팀 〈강주한〉입니다."

화면이 다시 검어졌다.

그리고 다시 화면이 밝아졌을 땐 작업실로 보이는 공간에서 강주한이 머리를 쥐어뜯으며 괴로워하고 있었다.

−아아…… 또 날아갔어……아…….

화면은 강주한의 심정을 알려 주듯 흑백이어서 고급스럽고 다채로운 색감의 붉망차와는 달리 휴먼 다큐 엔딩쯤의 인간미 넘치는 분위기가 이어졌다.

−이건 또 무슨 컨셉임?ㅋㅋㅋㅋㅋㅋㅋㅋ

−ㅋㅋㅋㅋ이건 또 생각못했넼ㅋㅋㅋ

−강주한 멤버 이름 아님?

−ㅇㅇ멤버이름이자 곡 이름

-주한앜ㅋㅋㅋㅋㅋㅋㅋㅋㅋㅋㅋ쿠ㅜ

　-강주한은 뭔 곡?

　-아 걍 좀 보라고;;

　꽤 대중적으로 흥했던 차차와는 달리 강주한은 곡을 아는 사람 수부터 적었다.

　곡의 가사를 아는 고리들은 벌써부터 웃긴다며 웃고 있었지만 〈강주한〉을 모르는 시청자들은 아직 뜨뜻미지근한 반응을 보이고 있었다.

　점잖게 생긴 아이돌이 머리를 짓뜯으며 앓고 있으니 웃기긴 한데 스토리 자체를 이해하지 못한 탓이다.

　그때 강주한의 뒷모습을 클로즈업했던 화면이 조금씩 뒤로 빠졌다.

　그리곤 작업실 문 옆 벽 뒤에서 강주한을 안쓰럽게 쳐다보는 서현우의 모습이 보였다.

　-혀엉…….

　서현우는 손에 과일 든 그릇을 쥔 채 울상을 지었다. 안절부절못하는 것을 보아 강주한의 상태를 걱정하는 듯했다.

　그리고 작게 읊조렸다.

－……주한형을. 위로. 할. 방.법. 뭐. 없을.까.

잘생긴 외모, 진지한 얼굴, 다정한 목소리, 굉장한 발연기였다.

표정 연기는 끝내주게 잘하는데 대사만 치면 참 할 말 없게 만들었다.

－세상에…ㅋㅋㅋㅋㅋㅋㅋㅋㅋ

－와 진짜 연기를 못하면 대사 하나로 알 수 있는구나

－아 ㅋㅋㅋㅋㅋ이건 선 넘었지

－현우 연기 늘었어 칭찬해

－아니 말에 띄어쓰기가 이상하잖알ㅋㅋㅋㅋㅋ

서현우의 발연기야 각종 뮤직비디오 비하인드 등으로 이미 고리들에게는 유명한 사실이었다.

하지만 봐도 봐도 새로울 정도의 타고난 발연기 실력. 더구나 서현우는커녕 크로노스에게조차 별 관심이 없던 일반 시청자들은 상당히 충격을 받은 듯했다.

－어..표정에 속았녴ㅋㅋㅋㅋㅋㅋㅋㅋ

－와 귀에 닭살돋음;;ㅋㅋㅋㅋ대사 하나마다 눈썹 까딱이는 거 킹받녴ㅋㅋㅋㅋ

-그 와중에 표정 연기는 왜 잘하는델ㅋㅋㅋㅋ귀여웡ㅋㅋ

　-아유 우리 현우 예쁘다^^우리 연기는 무대 위에서만 하잫ㅎㅎ

　크로노스 대표 무대 천재, 센터가 한순간에 웃음거리로 전
락하는 순간이었다.

　뮤직비디오의 가장자리에 출연진이 리액션하는 모습이 조
그맣게 보였다.

　목소리는 들리지 않았지만 지벽산의 말을 들은 서현우가
얼굴을 붉히며 민망한 듯 웃다 그에 대해 화풀이하듯 배를
부여잡고 구르는 고유준을 때리고 있었다.

　어쨌든 굉장히 놀림당하고 있는 모양이었다.

　출연진도 함께 채팅창을 보고 있어 정면보다 조금 아래를
쳐다보는 서현우의 눈동자가 불안스레 떨렸다.

　한편 그러든 말든 뮤직비디오는 계속되고 있었다.

　어색한 대사로 강렬한 임팩트를 남긴 서현우는 심각한 얼
굴로 고민하다 멤버들에게로 향했다.

　-아니 진짴ㅋㅋㅋ대사만 없으면 몰입력ㅅㅌㅊ;;

　-고리님들!! 제가 늦게와서 그런데 현우팀 멤버 누구누구인가요???

　-!!지벽산팀 : 지벽산, 김도림, 온정우, 강주한, 서현우-곡〈강주한〉, 주
소담팀 : 주소담, 건석, 고유준, 박윤찬, 이진성-곡〈붉은 망토 차차〉!!

　-ㅋㅋㅋㅋㅋㅋㅋ벽산이형 어떻게 나올지 궁금

–베짱이형들 크로노스 춤추는 거 아님???

　지벽산 팀의 크로노스는 다 나왔다. 지벽산이 짠 대본답게 크로노스를 웃기기 좋은 적재적소에 넣어 놨다.

　강주한은 머리를 쥐어뜯으며 괴로워하는 히스테리 연기로 서현우는 발연기로 각자 시청자들에게 웃음을 자아냈다.

　크로노스 멤버들이 주인공인 건 알겠는데 그럼 기존 베짱이 멤버들은 어떻게 나오려고?

　시청자들이 슬슬 다른 출연진이 어떻게 나올지 궁금해하던 차.

–ㅋㅋㅋㅋㅋㅋㅋㅋㅋㅋㅋㅋㅋㅋㅋㅋㅋㅋㅋ
–공개처형;;
–와 여러번 선넘네
–ㅋㅋㅋ아닠ㅋㅋㅋㅋ온정우한테 너무한거 아님??
–온정우가 아니라 크로노스한테 미안해해야 하는거 아니냑ㅋㅋㅋㅋㅋ

　채팅창이 'ㅋㅋㅋ'로 도배되며 빠르게 올라가기 시작했다.

　뮤직비디오 속엔 가발을 쓰고 배에 '고유준'이라는 이름표를 커다랗게 붙인 온정우가 찡긋찡긋 보기 힘든 윙크를 서현우에게 날리고 있었다.

　'현우야아~.'

음악에 가려져 목소리가 들리진 않았지만 입 모양으로 보아 서현우의 이름을 간드러지게 부르고 있는 듯했다.

연예계 대선배의 엄청난 모습에 웃을 만도 한데 역시 표정 연기 장인 서현우, 웃지 않았다. 대신 진짜 멤버에게나 보여 줄 만한 힘없는 미소를 지으며 온정우의 곁에 앉았다.

'현우야아아~.'

찡긋.

서현우가 소파에 앉자 온정우는 또 한번 윙크를 날리곤 다짜고짜 박치기에 가까운 강도로 서현우에게 달라붙었다.

무표정으로 온정우의 박치기를 받고 있는 서현우의 눈이 충혈된 건 착각일까.

–ㅋㅋㅋㅋㅋㅋㅋ현타왔겠네 아ㅋㅋㅋㅋ

–고유준이라며! 유준이라며!!

–개웃기넼ㅋㅋㅋㅋㅋㅋㅋㅋㅋ온정욱ㅋㅋㅋㅋ

–저 멤버 촬영하면서 울고 웃는다고 눈 충혈된거라는 데 삼백원 건다

채팅창이 웃음으로 가득해져도 뮤직비디오 속 서현우는 여전히 심각한 표정으로 자칭 고유준이라는 온정우와 무언가를 의논하고 있었다.

잠시 음악이 멎고 서현우가 클로즈업 되었다.

"주한형이.힘.들어.해.어.떻게해.야-."

−그만!!!!!ㅋㅋㅋㅋㅋㅋ
−수치 멈춰!!!!!
−ㅋㅋㅋㅋㅋㅋㅋㅋㅋㅋㅋㅋㅋㅋ근데 왜 귀엽냨ㅋㅋㅋ
−여러분 열심히 하잖아요.

"힘……낼수.있을까.유준이.너무.슨-."

−아오 대사 길엌ㅋㅋㅋ
−존나 못하는데 열심히하는거 개웃기넼ㅋㅋㅋ응원한다 누군지는 모르지만
−앗 크로노스라는 그룹의 서현우라는 멤버입니다!
−알아요
−ㅋㅋㅋㅋ다 음악 깔아놓고 이 멤버 대사만 풀로 내보내는거 실화냨ㅋㅋㅋㅋㅋ

"아이디어…… 없어?"
"아이~ 유준인 그런 거 잘 몰라아~ 현우야아~ 내 친구 현우야~."

서현우의 연기력도 환장할 노릇이지만 뒤에 따라붙는 온

정우의 대사인지 애드리브인지 모를 말도 가관이었다.

서현우는 그대로 온정우의 애드리브에 휩쓸려 당황하며 "아니, 아이디어를, 생각을-."라고 반복하다 결국 벌떡 일어나 멱살을 잡아 흔들었다.

그와 동시에 곡 〈강주한〉의 서글픈 반주가 흘러나오며 서현우의 멱살잡이를 더욱 극적으로 웃기게 만들어 주었다.

온정우는 새파란 후배에게 멱살을 잡히고도 웃고 있었다.

그때 뮤직비디오 하단에 출연진의 모습이 또 한번 보였다. 이번엔 목소리와 함께였다.

"우리 크로노스한테 멱살 잡힌 소감이 어때요, 정우 씨?"

주소담의 물음에 온정우가 픽 웃으며 가볍게 대답했다.

"저런 대본 없었는데 현우 씨가 멱살을 잡더라고. 유준 씨랑 원래 저런다고."

"네, 원래 저래요. 형 둘이 맨날 싸워서 숙소가 조용할 날이 없어요."

이진성과 박윤찬이 고개를 끄덕이며 말하자 카메라는 뻘쭘해하는 서현우와 그저 씨익 시원스레 웃는 고유준을 잡아 주었다.

"망설이다가~ 망설이다가 딱 결심하더니 내 멱살을 잡고 흔드는데, 어유, 웃길 것 같아서 난 너무 즐겁던데요."

"정신 차려, 이 사람아! 당신, 배우인 거 잊었어?"

깔깔거리며 말하는 건석의 말과 함께 출연진의 화면은 스르르 사라졌다.

온정우와 한바탕 소동을 끝낸 서현우는 틀렸다는 듯 고개를 내젓곤 또 어디론가 이동하기 시작했다.

남은 출연진은 김도림과 지벽산뿐이었다.

온정우가 고유준 역으로 출연했으니 김도림과 지벽산도 남은 두 멤버 역할로 나오려나?

고리들도 시청자들도 다 비슷한 예상을 하고 있을 때 생각지도 못한 출연진이 등장했다.

－???갑자기 알뤼르라고??

－헐

－미친;; 이런 누추한 곳에 귀하신 분들이…

－저거 누가봐도 지벽산 짓이닼ㅋㅋㅋㅋ알뤼르한테 후배 이름표 붙이게 한거 실화냨ㅋㅋㅋ개웃기넼ㅋㅋㅋ

－ㅠㅠㅠ와엠식구들이야…ㅜㅜㅜ

알뤼르의 다원과 세연이었다.

"아니!!! 이런 게 어디있어요!!! 알뤼르 섭외는 너무하네!!!"

"우린 뭐! 섭외 못해서 안 한 줄 알아요? 우리도 어? 이럴 줄 알았으면 유명 연예인 섭외했지!"

"와, 벽산 형님 그렇게 안 봤는데 치사하시네!"

의외의 카메오에 당연하게도 출연진이 발광하기 시작했다.

다들 잠깐 뮤직비디오를 멈춰 보라 날뛰었고 일어나 방방 뛰며 이건 반칙 수준이라고 소리를 질렀다.

"알뤼르한테 이름표 붙이는 건 심했다!"

"알뤼르…… 선배님……."

하지만 지벽산은 능글맞게 어깨를 으쓱이며 대수롭지 않게 대답했다.

"어유, 나는 괜찮다고, 안 와도 된다고 그랬는데? 우리 알뤼르 친구들이 또 후배 사랑이 얼마나 대단한지 크로노스 잘 부탁한다고 또 찾아와 줬네? 그렇지, 주한 씨?"

강주한이 싱긋 웃으며 고개를 끄덕였다.

"네, 맞아요."

"어떡하겠어요? 아니 그럼! 찾아와 준 알뤼르한테 '아, 우린 공정한 경기를 해야 하므로 당신들의 출연은 허가할 수 없습니다.' 해?"

"아이, 형님."

"다들 조용히 하시고 일단 보세요."

지벽산이 눈치를 주고서야 현장은 진정되었고 출연진은 뮤직비디오에 다시 집중했다.

알뤼르는 온정우와 같이 배에 '박윤찬', '이진성'이라는 이름표를 붙이고 있었다. 그러곤 비지엠처럼 작게 깔린 〈강주한〉을 배경으로 대사를 읊었다.

"형아~ 고민할 필요 있어요?"

"맞아요. 형, 답은 정해져 있는 것 같아요."

다원과 세연이 동시에 서현우를 가리켰다.

"나. 왜."

"주한 형아~에게 가장 큰 선물은 바로 형이 아닐까요?"

다원과 세연의 말을 듣던 고유준이 고개를 끄덕이며 말했다.

"실제로 주한 형 최애가 현우거든요."

"아, 진짜?"

"네, 주한 형이 현우 형을 대놓고 편애하고 그래요."

이진성도 뾰로통하게 입을 내놓고 말했다.

"하하, 아닙니다. 편애라니요."

강주한은 하찮다는 얼굴로 고유준을 보며 대수롭지 않게 대답했다.

뮤직비디오 속 서현우는 두 사람의 이야기를 듣고 바로 강주한에게 찾아가 열심히 재롱을 떨었지만 애써 만든 곡이 사라진 슬픔이 겨우 동생의 재롱으로 사라질 리가 없었다.

곡의 클라이맥스.

결국 처음과 같이 벽 뒤에서 고민하던 서현우는 이내 결심하곤 무언가를 준비하기 시작했다.

-그래서 도대체 무슨 내용인덱ㅋㅋㅋㅋㅋㅋㅋㅋ

—스토리가 산으로 가고 있는데요???ㅋㅋㅋ

　서현우는 풀이 죽은 강주한을 데리고 거실로 향했다. 거실
엔 다원과 세연, 그리고 온정우가 강주한을 위한 반짝이 옷
과 마이크를 들고 두 사람을 맞이하고 있었다.
　'얘, 애들아……'
　대사는 들리지 않았지만 입 모양은 그렇게 말하고 있는 듯
했다.
　강주한은 매우 감동한 표정으로 그들에게 다가가 떨리는
손으로 반짝이 옷과 마이크를 받아 들었다.

—ㅋㅋㅋㅋㅋㅋㅋㅋㅋ나 이거 어디서 들어본 에피소드같음ㅋㅋㅋㅋ

—아니 그래서 뭔 내용이냐곸ㅋㅋㅋㅋ

—이거 그거 아님? 예전에 변기 깨먹은 사건ㅋㅋㅋㅋ

—엥? 변기를 왜 깨먹어요?

—근데 지벽산이랑 김도림은 어디감?

　다수의 고리들은 끝에 다다라서야 이 스토리의 정체를 깨
닫게 되었다.
　강주한은 한을 담아 〈강주한〉을 열창하기 시작했고, 카메
오 출연진은 거기에 호응하며 감동한 표정으로 양팔을 흔들
거나 춤을 췄다.

크로노스보다 더 신난 김다원의 등에 강제로 업힌 채 둥가 둥가를 당하던 서현우는 난감한 표정으로 어쩔 줄 몰라 하다 다원의 어깨를 두드려 땅으로 내려왔다.

그러곤 또 한번 결심한 표정을 짓더니 어딘가로 걸어갔다.

"어디 가는 거야?"

뮤직비디오를 보던 건석의 물음에 지벽산이 조용하고 보라며 고갯짓했다.

서현우가 멈춰서 무언가를 내려다보았다.

변기였다.

Chapter 13.
정규 1집 (10)

우습게도 서현우가 정신을 놓고 춤추는 모습은 의외로 일반 시청자들에게도 익숙했다.

특히 너튜브를 하는 사람들에게는 더더욱 그랬다.

〈붉은 망토 차차〉, 연말 무대 비하인드 중 선배들 앞에서 넋 놓고 춤추던 모습 등등이 알고리즘을 타고 돌아다니며 한때 강하게 눈길을 끌었던 적이 있었기 때문이다.

너튜브 사용자 중 연예계에 관심이 있는 사람이라면 서현우가 누군지는 몰라도 '사회생활 잘하는 개' 정도로 얼굴을 아는 사람이 많았다.

그렇기에 변기를 잡고 춤을 추는 서현우를 보며 '쟤가 개야?'식의 채팅이 무수히 올라오는 것도 당연했다.

－영혼 날리고 춤추는 거 ㅈㄴ 웃기넼ㅋㅋㅋㅋㅋ

－동공이 흐릿해ㅋㅋㅋㅋㅋㅋㅋ

－혹시 저분이 그분인가여?? 그 어디서 봤는지는 몰겠는데 아이돌들 앞에서 헤드 뱅잉 하던 사람

－맞아요! 놀랍게도 붉은 망토 차차도 동일 인물입니다!!ㅋㅋㅋ

인생 참 조용하고 점잖게 살거나, 생긴 대로 이미지 챙기며 지낼 것 같은 멤버가 세상을 잃은 표정으로 변기를 붙잡고 춤을 추다니.

안 그래도 발연기 등등 오늘 여러모로 많이 망가졌던 서현우였기에 시청자들은 황당함도 없이 웃었다.

거기다 뮤직비디오에서 웃기고 있는 게 서현우뿐인가? 강주한도 있었다.

생방송이 시작되고 이따금 돌아오는 토크 시간 중 싱긋싱긋 사람 좋게 웃으며 가장 어른스러워 보였던 강주한이 반짝이 옷을 입고 노래를 부르고 있었다.

시청자들은 강주한이 크로노스의 개그 담당인 걸 몰랐다.

－아니 얘넼ㅋㅋㅋㅋ와엠 혹시 아티스트 감금시켜 놓나요??

－왜 방송에서 평생 못놀아본 것처럼 노는뎈ㅋㅋㅋ

－팩트: 뮤비 속 내용은 크로노스의 실제 일화다

－미친ㅋㅋㅋㅋㅋㅋㅋㅋㅋ

알뤼르의 다원과 세연은 서현우가 춤을 추기 위해 변기로 향하자 이젠 강주한을 등에 업고 둥가둥가 했다.

거기다 지금까지 출연이 없던 지벽산과 김도림이 별다른 인물 설정도 없이 갑자기 튀어나와 〈강주한〉에 맞춰 탬버린을 치기 시작했다.

'특별 출연 : 크로노스 매니저'라는 궁서체의 자막과 함께 등장한 매니저 이수환이 그 모습을 진지한 모습으로 휴대폰 카메라에 담고 있었다.

ㅡ매니저..?

ㅡ매니저는 또 왜 나왘ㅋㅋㅋㅋㅋㅋ

ㅡ그래서 내용이 도대체 먼뎈ㅋㅋㅋㅋ나 초반 이야기 다까먹음

ㅡ설명:특별출연한 매니저는 크로노스 엽사를 수집하며 휴대폰 바탕화면으로 설정해 두는 것으로 유명하다. 이따금 화가나면 그걸 보며 진정한다고..

ㅡ고리들이 가장 탐내는 것 : 수환 매니저 휴대폰 사진클라우드

ㅡㅋㅋㅋㅋㅋㅋㅋㅋㅋㅋㅋ매니저도 이상함 얘네 이상함 소속사 괜찮은건가욬ㅋㅋㅋㅋ

난장판이 따로 없었다.

쨍그랑!

무언가 깨지는 소리가 들려왔다. 뮤직비디오 속 서현우가

황망한 표정으로 깨진 변기를 바라보고 있었다.

누가 봐도 망치로 인위적으로 깨 놓은 모양새였지만 설정 상 서현우가 춤을 추다 깼다는 내용을 담고 있었다.

그것을 보고 놀라 달려온 온정우가 서현우를 화장실에서 끌어내 왔고 강주한이 만족하며 시원한 미소를 짓는 것으로 뮤직비디오가 마무리되었다.

-돈벌이가 이렇게 힘이 듭니다. 열심히 살겠습니다.

채팅 그대로 아이돌이고 배우고 개그맨이고 할 것 없이 예 능에 나오면 무조건 웃겨야 하는 연예인들의 애환이 느껴지 는 뮤직비디오, 그래서 더 웃긴 영상이었다.

마침내 두 개의 뮤직비디오가 모두 끝나고 출연진의 모습 이 화면에 담겼다.

"자! 어떠셨어요!"

지벽산 선배님은 이미 우리가 이긴 것처럼 거들먹거리며 상대 팀에게 물었다.

그러자 주소담 선배님이 어이없다며 헛웃음을 치곤 말했다.

"뭐, 아직 결과는 모르는 거니까요."

"알뤼르가 다 했네. 알뤼르랑 크로노스한테 너무 기댄 거 아니에요, 형님?"

건석 선배님의 말에 지벽산 선배님이 내 어깨를 감싸며 호쾌하게 웃었다.

"그으럼! 있는데 기대야지! 우리 주한 씨랑 현우 씨가 되게 몸 안 사리고 잘하더라고."

"감사합니다."

앞 팀도 물론 굉장히 재밌고 잘하긴 했지만 채팅의 분위기가 워낙 우리 팀이 재밌다는 쪽으로 몰리고 있어서 지벽산 선배님의 목소리는 얄미울 정도로 들뜨고 신이 난 상태였다.

그때 진성이가 뾰로통한 얼굴로 손을 들었다.

"아니 근데요!"

"어! 우리 막둥이 말해 봐! 저 형들 되게 치사하지, 진성아?"

건석 선배님이 진성이를 부둥켜안으며 세상의 오만 상처를 다 받은 듯한 얼굴로 우릴 노려보았다.

진성이는 입을 툭 내민 채 건석 선배님에게 달라붙어 말했다.

"수환 형까지 출연시키는 건 진짜 반칙 아니에요?"

"맞아~ 그럴 줄 알았으면 우리도 태성 형한테 부탁했지. 엉? 수환 형!"

고유준이 수환 형을 바라보며 소리쳤다. 진성이는 정말 억울해하는 반면, 고유준은 아까 전까지만 해도 웃기다고 열심히 바닥을 굴렀으니 그냥 분위기에 맞춰 한마디 얹는 뉘앙스였다.

"근데 아까 우리 시청자 여러분들 채팅을 보니까 벽산 형님 팀 뮤직비디오 내용이 실화라는 이야기가 있던데 맞아요?"

"어, 진짜?"

주소담 선배님의 말에 나와 주한 형은 동시에 고개를 끄덕였다.

"네, 맞아요."

"저희 실제로 숙소에서 있었던 일이었습니다."

"그럼 현우 씨 변기 깨고 그런 것도 진짜로?"

난 고개를 젓고 손바닥으로 고유준을 가리켰다.

"변기는 저분이."

"예, 제가 변기를……."

고유준이 쑥스럽게 목덜미를 쓸며 미소 지었다.

저게 쑥스러울 일인가 싶긴 하지만.

건석 선배님이 혼란스러운 표정으로 나와 고유준을 번갈아 보더니 차분한 목소리로 물었다.

"저기 내가 진짜 무슨 일인지 하나도 감이 안 잡혀서 그러는데 어쩌다가 변기를 깬 건지 순서대로 말해 줄 수 있어? 도대체 무슨 일이야? 너네 숙소에서 도대체 무슨 일이 일어나고 있는 거야?"

"그게요."

난 고유준을 가리키던 손 그대로 주한 형을 가리켰다.

"주한 형이 작업하던 곡을 날렸고."

주한 형이 윤찬이를 가리켰다.

"그래서 슬퍼하는데 윤찬이가 진정하고 트로트를 불러 보자고 해서."

"갑자기? 트로트를? 갑자기?"

"네."

건석 선배님의 입을 주소담 선배님이 막았다.

"아니 오빠, 일단 조용해 봐. 계속 들어 보자. 그래서?"

윤찬이가 눈치를 보며 슬쩍 주한 형을 가리켰다.

"주한이 형이 너무 슬퍼서 신나는 곡이라도 불러 보면 어떨까 해서……."

"그래서 불렀더니 마침 화장실에 있던 유준이가 그걸 듣고 변기에 올라가서 춤추다가."

고유준이 고개를 끄덕였다.

"깼어요."

"……너희 숙소에서 굉장히 사이좋게 노는구나? 매니저분들이 고생 좀 하겠어, 보니까."

"아뇨, 그때 진짜 수환 형, 뮤비처럼 사진 찍었어요. 저 형 앵콜 요청까지 할 정도로 좋아했었거든요."

이로써 우리들만의 이야기였던 변기 깨진 사건은 베짱이 시청자들까지 알게 되었다.

채팅이 올라가는 걸 보니 시청자들도 재밌다고 생각하시

는 것 같고 PD님이 갑자기 수환 형을 찾는 걸 보면 클립 영
상 또는 그 당시 찍었던 사진, 동영상 제공을 요청하려는 모
양이었다.

"자! 그럼."

"와, 벽산 형님 저렇게 표정 밝은 거 되게 오랜만에 봐."

"어우, 난 너무 행복해. 오늘 분량 잘 뽑은 것 같잖아. 몰
랐는데 크로노스가 재밌네."

"하하, 감사합니다."

지벽산 선배님이 상황을 정리했다. 이제 슬슬 생방송을 마
무리할 때가 되었다.

고유준이 동생들과 함께 아무 종이에 '고리 사랑해.'라고
적어 눈치 빠르게 화면에 보였다.

주한 형은 그걸 보더니 서둘러 글씨를 휘갈겨 나에게 쥐여
주었다.

'고리 보고 싶어요♡'라고 적어 놨길래 순순히 고개를 끄덕
이고 화면에 선보였다. 내가 적은 건 아니지만 마음은 같다
는 뜻으로 '나중에 봐요.' 하고 입 모양으로 말했다.

"이제 슬슬 생방송을 마무리할 시간인데요. 시청자 여러
분, 그리고 크로노스를 위해 찾아와 주신 고리 여러분. 어떻
게 즐거우셨는지 모르겠습니다."

"저희는 되게 재밌었는데 그렇죠?"

"부디 즐거우셨기를 바라며 이제 방송 종료하도록 하겠습

니다. 투표는 저희 〈베짱이 1호점〉 공식 홈페이지에 들어가시면 링크를 통해 바로 참가하실 수 있습니다."

"너튜브 하단에도 링크가 있으니까 많은 참여 부탁드릴게요! 감사합니다!"

"감사합니다! 안녕!"

생방송이 종료되었다.

"고생하셨습니다!"

"30분간 휴식하겠습니다!"

"아이고, 힘들어라."

휴식이라는 말을 듣자마자 출연진 중 일부가 바닥에 드러누웠다. 생방송에는 잘 나가지 않았지만 다들 정규 방송에 나갈 리액션을 온 힘을 다해 하느라 진이 빠진 상태였다.

나도 그렇지만, 특히 온 바닥을 굴러다녔던 고유준은 방송이 끝나자마자 물을 찾으며 바닥을 기었다.

지벽산 선배님은 딱 한 대 켜져 있는 카메라를 힐끔거리더니 고유준을 보며 말했다.

"크로노스 모처럼 와 줬는데 오자마자 뮤비 촬영에 생방까지 경험하고 가시네. 고생이 많아요."

"아닙니다, 선배님. 너무 재밌어요."

"고생한 만큼 정말 재밌게 나갈 거니까. 조금만 더 힘내요."

"이제 촬영 재개하겠습니다! 다들 자리에 앉아 주세요!"

잠깐의 휴식 이후 드디어 마지막 촬영이 시작되었다.

−여러분들이 휴식 시간을 보내는 동안 투표가 마무리되었습니다.

다음 권으로 이어집니다

가휼 판타지 장편소설

전능하신 영주님

「아저씨 식당」 가휼 작가의 신작
이보다 더 완벽한 지도자는 없었다!

하루하루가 벅찬 인턴, 유성
별똥별을 보며 기도 한번 했더니
바르테온령의 적장자로 깨어나다!

귓가에 울리는 시스템 메시지
선대의 안배로 한 방에 소드 마스터?!

썩어 빠진 행정부 숙청부터
오랜 숙적과의 피 튀기는 전쟁에
드워프와의 역사적인 교역까지⋯⋯

상상하는 모든 것을 이루어 주는
전능하신 영주님이 등장했다!

꿈의 도약, 로크에서 하십시오
(주)로크미디어에서 신인 작가를 모십니다

즐거운 세상, 로크미디어는 꿈을 사랑하고 도전을 두려워하지 않는 작가 분들의 참신한 작품을 기다리고 있습니다. 21세기 장르 문학계를 이끌어 갈 차세대 선두 주자 (주)로크미디어에서 여러분의 나래를 활짝 펴 보시길 바랍니다.

모집 분야 판타지와 무협을 포함한 장르 문학
모집 대상 아마추어 작가, 인터넷 작가
모집 기한 수시 모집
작품 접수 시 유의 사항
1. 파일명은 작가명_작품명.hwp형식을 갖춰 주십시오.
1. 파일에 들어갈 내용은 다음과 같습니다.
   - 성명(필명인 경우 실명을 밝혀 주세요), 연락처, 이메일 주소
   - 제목, 기획 의도
   - A4용지 1장 분량의 등장인물 소개
   - A4용지 2장 분량의 전체 줄거리
   - 본문
1. 작품이 인터넷에 연재되고 있다면, 게시판명과 사이트의 구체적이고 정확한 주소를 기재해 주십시오.

선택된 작품은 정식 계약 후 출판물로 간행되어 전국 서점에 유통됩니다.
작가 분은 (주)로크미디어의 전폭적인 지원하에 전속 작가로 활동하시게 됩니다.
※ 자세한 내용은 로크미디어 홈페이지(rokmedia.com)를 참조하세요.

(03920)서울시 마포구 성암로 330 DMC첨단산업센터 3층 318호
(주)로크미디어 편집부 신간 기획 담당자 앞
전화 : 02) 3273-5135
www.rokmedia.com   이메일 : rokmedia@empas.com

활 쓰는 대마법사

한시웅 퓨전 판타지 장편소설

**거침없는 팩트 폭격으로
드래곤조차 눈치 보게 만드는
극강의 꼰대! 아니, 최강의 궁신이 나타났다!**

유일하게 '신'이라 불리는 무인, 궁신 하철혁
자격을 시험받다 우화등선에 실패해
새로운 세상에서 눈을 뜨는데……

내공이 한 줌도 없다?

제로부터 시작하는 이세계 생활에 놀람도 잠시
처음으로 아버지라 느낀 존재가 살해당하고
그 뒤에 모종의 음모가 있음을 알게 되는데!

**이세계에서도 궁신의 신화는 계속된다!
군필도 두 손 두 발 드는 FM 정신으로
안 되는 것도 되게 하라!**

기어코 무대로

공원동 현대 판타지 장편소설

"관심을 받으면 집중이 잘돼요."
사상 최강의 관종(?) 싱어송라이터가 나타났다!

데뷔 직전 사고로 인해 모든 것을 포기한 도원경
삼 년 뒤, 그에게 기적이 일어났다?

사람들의 시선을 받으면 능력이 발현!

너튜브 영상이 대박 나고
서바이벌 오디션 출연 제의까지?

도원경 사전에 더 이상 포기는 없다!
좌절을 딛고, 『기어코 무대로』!